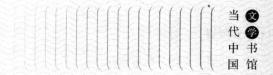

文学书馆
当代中国

日光浴

谢虹 著

中国文联出版社

图书在版编目（CIP）数据

日光浴 / 谢虹著 . -- 北京：中国文联出版社，
2017.9（2023.3 重印）

ISBN 978 - 7 - 5190 - 2979 - 1

Ⅰ. ①日… Ⅱ. ①谢… Ⅲ. ①随笔—作品集—中国—
当代 Ⅳ. ①I267.1

中国版本图书馆 CIP 数据核字（2017）第 232882 号

著　　者　谢　虹
责任编辑　刘　旭
责任校对　乔宇佳
装帧设计　中联华文

出版发行　中国文联出版社有限公司
地　　址　北京市朝阳区农展馆南里 10 号　　　邮编　100125
电　　话　010 - 85923025（发行部）　　　　85923091（总编室）
经　　销　全国新华书店等
印　　刷　三河市华东印刷有限公司

开　　本　880 毫米×1230 毫米　　1/32
印　　张　8
字　　数　183 千字
版　　次　2023 年 3 月第 1 版第 2 次印刷
定　　价　78.00 元

致读者
——代自序

这是一本写给女性的书。在这个世界上，男人和女人看世界的角度是如此不同，当我发出自己声音的时候，我不再奢求异性的认可。

远离了磕磕绊绊的社会关系，终于不再为谋生而工作，心才获得了真正的自由。于是文字里有了春花秋月的鲜活和放眼世界的感动也少了一些浊气。

但是为文者——尤其是女性，从矫情到真情有一段路要走，在对文字的审视和校正中，也常常对自己感到汗颜。只希望有读者的宽容和理解，让我知道在这个世界上，谁的心在和我一起跳动。

如果，这本小书能帮你穿透人生的雾霾，我也要感谢那照亮我灵魂的阅读。李白、苏东坡、曹雪芹、雨果、梅里美、小仲马、欧·亨利、屠格涅夫、普希金、乔治·桑、伍尔夫……大师们没有把我变成一只书虫，而是让我领悟人生，成为一个热爱生活、拥抱未来的人。

最后，还是那句勉励所有女性的话：青春是一种态度，美丽是一份修养，我们永远在路上。

目 录
C o n t e n t s

01

日光浴

日光浴

有一点风，这就对了。没有风，怎么能把雾霾吹散呢？

瓦蓝通透的天上，舒卷着大片的白云，云被风撕扯成各异的形状。

杨柳舞动着，飘逸婆娑的身影叫人想起"春风杨柳万千条"的诗句。有几枝从高处挑起一瀑瀑青绿的帘子，风姿绰约地披挂在蓝天底下。

飒飒的林涛声从耳畔传来，谁家后院低矮的竹丛，在风中波澜起伏。倏地，天地大亮，原来是太阳钻出了云层。阳光暖暖地照在身上，好幸福！

小狗们像箭一般蹿了出去一蛎，那是一只萨摩耶吗？雪白硕大地站在阳光底下，小布头仰头端坐于它的鼻尖下面，就像一只玩偶。

镶着白色马赛克的停车场一马平川，被太阳朗朗地照耀着，楼侧的花圃里，正酝酿着春的消息。

脸颊有微烫的感觉，身上还穿着棉衣。

　　"呱"的一声，一只麻雀飞上树梢——是一树桃花，玫红的花苞紧紧地缩在青绿的叶片里，密匝匝地压满枝头。而远处的那几株，已迎风绽放着粉白的花。

　　春已至，阳光正好。

夜来风雨

走在楼道里，已经闻到潮湿的气息。

大槐树下，有一点点的雨滴落在鼻尖上。

面条跳过被淋湿的甬道，在雨丝里冲着一只蜷缩在阳台下的猫咪"汪！汪！"地叫，都说猫狗是天敌，真的是不依不饶！

夜来的风雨将残花摇落一地，又有新的花苞绽放开来，缀着闪闪的雨露，美丽在这清新的世界上。手机的快门响个不停，对花儿们变幻不尽的娇姿我已完全失去抵抗能力。小雨又一阵阵地倾洒下来，打湿了头发和衣服。转身回望狗儿，但见布头寸步不离跟在身后，而面条，却聪明地卧在旁边干燥无雨的树荫下面，惬意得很呢！

小姑娘趿着拖鞋，打着白雪公主图案的小雨伞走来，她身后的妈妈拎着新鲜蔬菜，手里举着的是一柄"七彩虹"雨伞。"啪嗒啪嗒"，清晰的脚步声在丝丝秀雨中远去。

一辆巨型豪华大吊车挡住去一原来是某户人家装修，正从六楼的窗口吊送施工垃圾！……还真是大手笔。

一花一世界

　　不懂摄影，却喜欢用镜头捕捉花姿。每日经过的甬道上，花儿竟是一天一副新容。即便同一时辰里，换个角度，它又是一个面孔！一东边过去，朱影摇曳；西边回来，粉面含情；仰头看，是天上的仙子；低头望，是人间的怨妇。

　　花之生命原是活在自然里，千般娇媚、万种风情都是天地造化。昨夜晚妆带雨，今晨阳光里婆娑；微风鬓影，变幻多少姿容！加之日光游移，斑斑驳驳，明里暗里、虚虚实实间又轮回了多少辈子的青春梦！凭你人的智慧，如何敌得过这神来之笔？

　　都说女人如花，却有几人甘愿于这春风雨露处无声绽放的？尘寰里拼却一场，弄得灰头土脸，却自安慰：潇洒走一回……

　　花之智，不若人乎？如花之形，尽收日月精华，纵然落英满地，那残瓣，也是芬芳的。

花姿·风女王

花　姿

花是有姿态的。看着那姿态，你的心会醉。

鲜花盛开的五月，走在任何地方，突兀地，你的眼前都会有一丛鲜花怒放：白的花，绿的叶。婀娜的身影，犹如精心构思的图画。

邻家院墙上攀缘的蔷薇，又是怎样地喧闹呵！淡粉的骨朵儿被绿叶挑唆着，一簇簇爬到墙外，又在阳光下拥挤争宠、加入春的合唱。一团团的花堆中，还有蜜蜂进进出出，忙碌地弹奏金色音符。背阴的地方，却有一枝黄色的玫瑰，低垂在花影下，羞涩且雍容。

沿着甬道向前，幽幽的小径上，一串串叫不出名的紫色花朵如散碎的星星点缀着草丛。在一排黑色的栅栏前，你忽然停住脚步，那儿，正有一枝朱色的玫瑰在树荫下亭亭玉立，那身姿实在骄傲得怡人！

小狗早在黄色的花海中不见了踪影。一路寻去，却见树下站着几丛娇小的月季，如小姑娘穿着绿衫，仰着粉嫩的脸儿，窃窃私语……

嗨，看不尽，春色正浓，走你的路去！

风女王

柳树低垂着头，长发随风飘舞。桃树绿叶满枝颤动，如蜕变的蝴蝶。太阳调休的日子，风就成了世间的女王，扑着人的脸颊、头发，还有呜呜的笑声往人耳朵里灌……

爬墙虎从高高的楼顶，悬下一帘墨绿的瀑布，纤细的藤蔓在空中肆无忌惮地荡秋千；大槐树撑起浓绿的帐篷，新枝"沙拉沙拉"，一边唱民谣，一边翻飞魔幻的身影。

夏日来临，我们走进了一个多么奇妙的世界！

晨　记

　　下雨了，空气变得清新、湿润。打开窗户，听见汽车轮胎黏着路面"滋滋"跑过的声音，一辆小汽车独眼般亮着一只车灯，咦，谁见过？

　　柳枝已经泛青，再过几日就要抽芽了。北京的春天是那么短，未来得及想象出它是什么样子，夏日就伴着少女赤裸的美腿，炎炎地来了！

　　还是珍惜这一刻吧！看几只麻雀不避行人地在黄草间觅食，雪白的猫溜着楼墙一晃而过。男人戴着眼镜，两手插在草绿的羽绒服兜里酷酷地走过去，女人推着婴儿车，花红柳绿的，像推着一堆花儿……

　　狗狗们坐在窗台上目不转睛地看我，哦，知你们已等候多时！

　　下来吧，宝贝们，咱们玩儿去——

　　"嗖"的一下，三公主已夺门而出！

春归十渡

清明小假期行程 120 公里，驱车前往房山十渡，也着实领略了不少小趣味

之一：竹筏漂流

巨峰壁立，水如蛇行，手持竹篙站在竹筏上，那是怎样的心情？

电影里见人撑篙，如同蜻蜓点水，轻松且惬意；轮到自己，却似抱着一个竹筒，不知该朝何方使劲儿？用尽九牛之力，见竹筏缓缓移动，顿生喜悦，渐次掌握要领，方知撑篙如同撑竿跳，虽不敢纵身云端，却一样要借力前行，正是凭靠支点之意。正自颖悟，忽见面前竹竿乱舞，四下躲避中，见依云抱着竹篙在水中一阵混划，拼出吃奶力气，全不顾身边还有活人！

稍许定下神，更觉青山如黛、碧水涟涟，身穿金黄色救生衣的漂流族点缀水面，平添几许活力。迎面一只大竹筏漂来，竟是七只连锁……嚇嚇，这酷爱群体的团队！

之二：CS 射击真人秀

对当过兵的人来说，CS 射击真是"二"得不能再"二"了。无法想象自己套着假弹夹背心，抱着假枪，假模假式扣着假扳机，从山坡上呼喊着冲将下来的样子……嗯，就由你们去枪击假想敌吧，且看我来上演"真人秀"：

——"文革"版的"向前"舞步，军营里淬炼出的标准军礼，70年代的飒爽英姿，现在还有木有？

看看画面里的我，发现那既非民兵，又非正规军的昔日女战士，着实也很"二"！……

抬眼望，但见满坡兴奋的表情、放光的眼神——在这里，又有哪个不"二"，谁又能不"二"呢？

"二"，也算是一种风采吧？

之三：乡村烧烤

晚上的烧烤是在四合院里进行的，蔬菜肉禽一律不限，点多少房东送多少。帅哥美女们饕餮在夜空下，虽无皓月当空，明星相伴，却见数盏孔明灯冉冉升起。头顶上的一只，灯笼里的烛光清晰可见，升到高处，便如一簇金黄的星星，渐渐遥不可及……即刻，关于这孔明灯的古老话题就来到了餐桌上。

桌腿下是狗狗们欢呼雀跃的殿堂，上方扔下来的骨头肉菜无不是世间珍品。无拘束的乡间，真个是人狗尽欢，共聚一堂！

有人提议拍张全家福，于是皆大欢喜。推开杯盘狼藉，各人怀拥萌宠，尽展爱心。只可惜拍摄者不谙夜间摄影技术，肤浅色白者于图片上尚能辨认，色沉者只好隐匿于黑暗，做低调状了。

　　北京的春天如见缝插针、白驹过隙。虽短暂，却是桃红柳绿，海棠如雪，无处不醉人。且看十渡江山如画，景点棋布，蹦极、小汽艇、卡丁车……能捡拾多少欢乐，全凭你一颗冰雪聪明的心了！

空山新雨后

　　在盛夏酷暑的天气里，四处奔波着寻找纳凉的地方，还不如待在家里，吃个冰激凌看大片，或站在有空调的窗里边观赏窗外的毒日头。

　　就在打消了出行想法的第二日，天却下起了小雨，这让我前嫌冰释。一行人、4只狗、二辆车沐着蒙蒙细雨欢喜上路。

　　目的地还是怀柔山区。车下高速，进入林荫公路，摇下车窗，在扑面的小风中眺望雨中景致，一种休闲心情顷刻而至。

　　在度假村放下行李稍事休息，一群人，走出花花草草的小庭院。

　　但见天空低垂，细雨纷纷，弥漫的云雾压低了山峰，在一片黛绿中奔涌而下……轻叹与惊呼中，摄影机纷纷调整光圈，将这浓墨淡彩收入镜头。

　　度假村里到处挑着大红灯笼，树木被雨洗得发亮。小桥边，灌木中，蜻蜓蝴蝶凝住翅膀，落在静悄无人处。一只硕大的蛛网却披着雨丝，晶亮亮地炫耀在路旁。Smoke搬弄着相机，试图把它拍摄下来，蛛网周围蹲着好事者，也"嗒嗒"地用手机按着快门。

坝墙下，山涧越发奔泻如注。银色的浪花叠在层层石阶上，雪似的一片。赤脚跳进水中，彼此在欢呼喧闹中向同伴没头没脸地一阵混泼。小狗们站在坝墙上，无奈地远望着主人，唯有面条不顾一切、穿涧越石地跳进溪水，加入主人的狂欢。它的勇敢使人们越发厚爱，摄影机对着它喝彩般地闪个不停。

雨住了，傍晚时分，宁静的灯光点缀着度假村。两只白鹅静静地站在水边桥下，我的镜头中，出现《天鹅湖》的经典场景。而Smoke，却追着桥上静坐的小白，还要依依用衣帽遮头，拍摄那阴森恐怖的鬼故事……

山村的夜幕悄然降临，灯光映着窗纸，这是哪一部熟悉的老电影？

而我们正走进庭院，走进这山村的故事中。

夜已静，梦里有滴答的落雨声

山吧，山吧

听说过酒吧、水吧、陶吧……山，也有"吧"？15 年前听到这名字，就有了兴趣。嗯，到底是什么样的创新？定要去看看。

在北京这座文化大都市里，15 年前的山吧，就像那时的"798"艺术园区，仅仅为少数另类青年所知。而后传播给更多的人，它成了京郊旅游的"时尚根据地"。比起那些随处可见的农家院来，"山吧"的新鲜独特属于年青一代。

我驾驶着自己的第一辆新车福特嘉年华，行驶在雁栖岛以北绿树夹道、狭窄洁净的山区公路上，有着一种另类的自豪感。

那时沿途车少人稀，到达目的地，却发现"知音"聚起来也是乌泱泱的一大片！坡下的鱼塘和大厨房边游人穿梭，虹鳟鱼的尾巴在水中甩来甩去，逃避着人们的垂钓和捕捉。服务员走在山坡上，上下穿梭着给客人们送餐一正如山吧的名称，"吧"的确是在半山上，树木草棚下错落着许多的餐桌一果然依山傍水，视野开阔！那天有风，还落了几点雨，正好让我们一行惬意地听风听雨，享用美食。

餐吧的旁边有一幢幢的小别墅，那是为留宿的客人考虑的。想想看: 夜色漆黑、晚风阵阵, 树影映着别墅的灯光……在远离闹市的地方, 在一尘不染的山林中。15年前, 那该是多有趣味的山区之夜!

我常想, 这是怎样的一位山吧主人? 他不仅有足够的资金来支撑, 也有足够的另类与文化底蕴。听一位开景点的朋友说, 即使每年只用一半的旅游时间来经营, 山吧的年收益, 也是几千万! 这是京北多少山庄宾馆、农家院的庄主们眼红耳热, 穷追不及的向往!

于是在山吧的旁边, 又有人依样画葫芦, 另建山庄名为"那里"。名称也算另类, 风格与山吧亦有所不同, 是连排的观景楼台。两两相映, 给游客提供了多一项的选择。也该佩服这位老板的机敏, 傍着山吧分了一杯羹。

如今山吧附近已成了京郊的旅游热点, 各类风格的山庄、宾馆、度假村竞相争夺游人的眼球: 灰瓦红木的亭台楼榭, 黄绿相间的竹屋别院, 红酒烧烤花园, 风格茶楼酒吧, 均依山傍水而建。山吧带动的旅游文化把另类时尚引入山区, 也因地制宜创建了更多宜人风景。而山吧本身, 除了停车场最大并吸引了更多卖山货的小贩和骑马之类的旅游项目外, 倒显得无奇了。

当一种另类思想渐渐为大众所认知熟悉后, 新一代的另类们又去开辟和寻找新的"根据地"了。前不久听说有一座"山中最美图书馆", 本人的审美细胞立刻活跃起来。Smoke不屑啐道: "最美? 你听说哪里还有山中的图书馆? 所以才是'最美'!"

呵呵……但是即便不是"最美", 这"山中图书馆", 也一定是有点意思的。

于是趁端午节放假的时间, 一行人备好出行用品"零食"饮料, 带着狗儿驱车上路了……

山中最美图书馆

　　Smoke 驾驶他的福特蒙迪欧 p200。为了让喷上进口蓝色闪亮幻彩漆的改装车炫人眼目，这懒人竟特地起个早将车洗刷一新。

　　按照汽车导航的指引直奔雁栖岛方向，名为"篱苑"的山中图书馆，据说就在离山吧不远的地方。

　　这回打算在山区消停一晚。头天联系居住地，预订了"山泉谷"宾馆。

　　穿过公路边热闹的度假村，远远地望见山岩下的一片风景：绿树葱茏，流水喧哗，石阶亭榭隐约可见。停好车去看房间，发现竟还有日式的榻榻米！我们是一层对门的两间，大窗户就临着山庄的风景。

　　踏着水上餐厅的木地板来吃午餐。但见碧波荡漾，槐叶映秀，塘边的树上悬着吊床、秋千，农家的烤鱼、贴饼、栗蘑……都是地道的山货。等餐之际 Smoke 手中的相机快门就没闲着，愿意不愿意的人都随着景致被收录进镜头。

　　餐后休憩了一个时辰，我们便开始向山吧方向寻找那传说中的"最美图书馆"。

　　一路都是风情景点，在狭窄的弯道上频频会车，终于在一个叫作"交界河村"的地方，把车开上"山中图书馆"的停车坪。

　　远远地，望见路边坡下那幢深灰色柴屋般的建筑，远不似想象中的宏伟，倒与这山中的景物相衬。沿木桥走下去，见图书馆有三层楼高，百多平方米，玻璃墙加小柴棍编织的外观，没有任何文字和标识。若不是事先知道，谁会想到这柴屋竟是一座图书馆！据说此设计出自清华大学建筑系教授李晓东之手，"篱"字也因那"柴火棍"得名。真正是简朴到了极致！

　　站在入口处，见黄色的木板地上脱下一堆鞋子，原来要赤脚进去？

　　我们挎着相机走上台阶，迎面出来的游人告诉说快下班了，要抓紧。原来图书馆下午 16:30 就要关门哦！

　　进入室内，头顶一片通透的天空，自然光穿过篱编的天花板，映着错落有致的层层阶梯。木地板上，一排排的书架前，席地坐着阅读者。那情景，是如此休闲却又书香满地！

　　我从各处的分类书架上抽出书来浏览：有时尚的杂志、世界人物传记、精装硬壳的《汉书》《二十四史》《孙子兵法》《古文观止》，也有我喜爱的古典名著《红楼梦》……

　　工作人员善解人意，显然经常看到远途而来的人赶上图书馆下班时沮丧的脸。他们面含微笑，并不阻止我们在超过工作时间之外爬上爬下地拍照。书自然是没时间看了，相机"卡卡"地拍了一番景观，也算是乘兴而返。

　　是不是"最美"真的无法比较，一番心境却是感觉到了。据说图书馆是公益的，这愈发地难得。在发达国家文明、知识、创意文化远远领先的今日，中国社会终于有了超越铜臭的先行者，他们独出心裁的创意洗濯了我们遍布尘埃的身心。

　　为此，我认同这"山中图书馆"的"最美"，创意者的灵魂，是可敬可佩的。

听　雨

天空低沉，在漆黑的树影中，夜幕拥抱着窗口的灯光。

如果你正享受着家的安宁，那么，可否随我到夜幕里来听雨？

我牵着小狗跑下了楼。

好凉爽！阵阵的小风吹着头发，甬道上泛着水光，面条聪明地从水洼上跳过去，布头却傻乎乎地蹚进了水里。

先是雨丝飘落在身上、头上，而后雨声越来越大地响成了一片。细听，那洒在花草上的，是"簌簌拉拉"的扑打；撞在玻璃上的，是"筝筝"的碎裂；而敲在管道上的，则是"嗵嗵"的空蒙……这世界，在盛夏的雨夜中欢成了一团！

看不清路边的花草，凭着记忆，我也能用手机"盲拍"。闪光灯下，那雨珠儿缀满花瓣的绮丽，竟鬼斧神工地留在了画面上。

路灯映着水洗的绿叶，树木掩蔽的窗口在雨夜中亮成了水晶宫

而我的心，正在雨夜中舞蹈

风　舞

周末的晚上，在看北京台的《最美和声》。Smoke 从卧室蹿跳进客厅，拉开窗户，大喊着："快看——"

我和依依一起扑向窗台——

但见狂风摧枯拉朽，毫无理性地撕扯着夜的衣裳。路边的柳树在它的肆虐下上演惊心动魄的皮影戏：一忽儿像野马飞鬃嘶吼，一忽儿如舞女长袖齐抛，一忽儿是惊涛跌宕澎湃，一忽儿又见繁花万朵，在苍穹里飞扬……

有雨打在脸上，远方雷声滚动。车灯光影下的马路，已是湿漉漉的。风疾处，雨点如雾飞起，一路吻着飘扬的柳丝。

……但，雨终究没有降下来，风也渐渐平息了。仲夏夜的凉爽，又是一个梦。

苍穹下的演出

暴雨将至

老天的脸一点点地沉下来、沉下来、沉下来……直到白天怒成了黑夜。雷公在低低嘶吼，"呼噜噜"地，像嗓子眼里卡着痰。

手机镜头对准风中摇动的小白花一，快门按下的刹那，只见纤细的丝蔓如导火索一闪，将那黑暗中的洁白与美丽点燃。

雨滴如同花瓣，终于洒落下来，却只是罕见的几颗……仰头看，仿佛有黑的手从空中按压下来，让人在对暴雨的渴盼中窒息。就在这样的对峙中，黑丝绒幕布忽地掀起一角，光影里现出摇晃的树。灯光渐次亮了起来，照耀着楼房与天空……一场对暴雨的期待竟在序曲中结束。

大自然只是跟我们开了个玩笑，导演了一场大手笔的演出……在初夏的序曲中，在繁忙一周的开始。

清晨交响曲

轰隆隆的雷滚过来，如礼炮一样炸响在天空，是那么清脆！层层的雨云如千军万马聚集……沉积阻滞了两三天的大雨终于倾倒下来！

楼角的排水管下"哗哗"闪动，水柱如瀑布飞落，击打着铁皮的屋檐。大槐树张开茂密的枝杈、舒展着迎接神祇的洗礼，雨丝在地上绽开合唱的花瓣。喧哗的雨声，在这个清晨演奏着最动人的交响。

玻璃窗上爬着"水蚯蚓"，我拉开窗户，蒙蒙的水雾带着潮湿涸润的空气从纱窗外飘进来。

五颜六色的伞盛放在柳树下：紫的、蓝的、果绿的和橙黄的……有一把像贝壳，打着五彩的旋儿。伞下晃动着男人和女人水湿的脚，你却不知伞里面是一张张怎样的面孔？

上班的汽车开着大灯，刷刷地冲开跨上的雨水。快递的三轮上是蓝色雨衣紧裹的人形。一辆摩托闯入人行道，手中的雨伞忽然掉落在地上，紫红的一瓣，如绽放的花。

"爽！"只听见 Smoke 在客厅里吼叫。他正在看电视里的 NBA 赛事，"不知会不会发大水？"还兼顾着杞人的忧天。前两天打篮球扭伤了脚踝，腿肿得如象腿，这才因祸得福，于忙碌中赚得几天休闲。

谁又不想过安逸的日子？看那雨中劳碌的众生相，站在纱窗里，你才知道，幸福原是这么简单。

秋意浓

秋凉了。秋末冬初，暖气还没供上来的这段日子，最是难过。人要添衣，小狗也得保暖，昨晚在网上给它们买了新衣和狗窝。今天早上，先把旧衣服给它们穿上了，窗外阳光正好，赶紧带狗狗遛弯儿去！

楼下的风真大，树枝儿没命地摇摆，风像要把人吹死似的。走出楼荫，路口的阳光却是明丽得耀眼。一路走去，身上心上都是暖暖的。

落叶厚厚地铺在小路两边，好像花地毯。浓绿的爬墙虎变成了枫叶红，挂在高高的楼墙上，成了另一种风景。白杨树举着明黄的旗，再过不几日，怕就只剩下光秃秃的树杈了。背阴处的竹，身着绿衣挣扎在秋风里，抖动的身影如一幅水墨画。

天却是水一样蓝，映着楼角和明黄的树叶，让人想起欧洲的风景。北京总算是还有不见雾霾的天气！

昨日去郊外的别墅区购物，四处寻找红叶照相，如今在自家的小区才发现，竟处处都是秋意了！

时光是可以这样挥洒的

天真个是凉了，出门要加薄毛衣，看见太阳，非但不躲，反要迎上去晒暖儿。

小广场上满满地倾洒着阳光，小朋友们如花骨朵儿，被音乐声吹出了幼儿园的小楼。阿姨领着他们随着音乐蹦跳，看热闹的姐姐们眼馋地跟在后面手舞足蹈。

凉亭下，轮椅上，一团团的白发飘飘。爷爷奶奶们聊着天儿，眼里却是花花绿绿的隔代人……回想各自的童年时光，好像并不遥远，一转眼，怎么就恋上那活鲜鲜的小生命了呢？！

小女孩儿飞快地骑着自行车，妈妈是场外指导。有了女儿，就有了望穿秋水的向往……她们的梦还很长很长。

小布头朝着自行车狂追几步，又跑到草地上"嗖嗖"地转圈撒欢儿……然后跑回我身边，跳着叫着诉说自个儿的欢喜和兴奋；面条则跃上花坛，用眼睛斜睨着我，伸它起伏有致的腰。它们在教我享受时时刻刻的快乐，珍惜此刻的生命。

好吧，宝贝们！我们沿着甬道奔跑……紫色小花在青砖铺就的路旁摇曳，绿丛中不知名的粉色花朵迎面扑来，好鲜艳！我停下脚步，打开手机，镜头下，花儿轻轻摇摆着，迎着日光游移变幻……

狗狗们安静地等待着，它们懂得尊重彼此的自由空间。

时光原是可以这样挥洒的。

而那些尚在名利场中角逐的人们，对自己是怎样的苛刻哦！

节日嗨皮

国庆节一大早，就被口哨声叫醒，是朋友的节日问候来到了微信里。

打开手机微信，看见薛老师推荐的美图……哇！令人陶醉。

——83岁的超模女王、世界最美的女科学家、奇特的摄影风景……必须收藏，一定要转。

10：30，想起今天的安排：看电影、购物、买螃蟹……立刻起床！

拉开窗帘，下雨了！天气潮湿、阴凉……没想到是这样一个天气在迎接我们，好开心！把小狗们抱上窗台，呼吸一下新鲜空气（他们早已迫不及待了）。柳树下的甬道上，奶奶扛着大油伞，小孙女儿却在前面跳江南 style。

……忽然听见炮声响，竟然有人耐不住放起了礼花……这大白天里！红红绿绿的小星星闪烁在灰蒙蒙的天际，好没气势。

万达影院的海报上并没有太吸引人眼球的大片。《活着就为改变世界》已从电脑里先睹，电影远不如同名传记的书好看，除了演员长得像乔布斯，人物情节都很平淡。退一步看国产片，就选《全民目击》，不是什么大手笔的精心制作，但孙红雷的表演为该片撑起大半江山，不愧偶像，激情戏频掀波澜。剧本散发着人性的温暖，剧情的曲折也能把人留在座位上。与 Smoke 在讨论电影成败中买衣购物，一再走错楼层。

拎着满袋的海蟹、大闸蟹和扇贝从海鲜市场回来，忙忙地入锅清蒸，小碟子里兑上小葱、姜末、老醋、生抽……迫不及待地大快朵颐！Smoke 就着黄酒连干四只大海蟹，再现超强战斗力。我用红茶、淡奶油和炼乳调出红奶茶，边看《中国好声音》第二季的比拼，边享受深秋"螃蟹宴"……

2013 年国庆日在时钟的"嚓嚓"声中悄悄逝去……有新闻报道，今日 11 万人在天安门广场观看了升旗仪式，并留下 5 吨垃圾。

秋日烧烤记

今晚的烧烤，我竟是最偷闲的那一个。上午陪朋友逛街购物，在避风塘用餐，回来后又美美地睡了个午觉，一觉醒来，烧烤的东西竟都准备好了！

羊肉一条条儿地穿成了串，筋头巴脑穿在一起留给狗狗。除了烤肉，还备有香菇、豆腐、玉米、红薯和馒头片……可谓丰盛！甚至还给狗狗煮了鸡脆骨，以便它们在烧烤场地不会跟我们争抢烤羊肉串。

出发！我和小崔带着狗狗们步行，小白、Smoke 和依依负责把烧烤用具、食品、啤酒和矿泉水装上车带到现场。

小区后面的山坡上僻静无人。霜叶初红，山路蜿蜒，烧烤现场就选在凉亭里。

烧烤用具都是全新的，Smoke 说，百安居国庆 5 折优惠，全套下来不到 200 元：小巧的手动鼓风机、点火器、助燃炭、炭夹、清洗刷全齐了。

眼看着炉中的炭火一点点地烧红，Smoke 老练地向肉串上撒着辣椒、孜然和盐，羊肉串儿滋滋地冒着油，所有人和狗都拼命地咽着口水。

"好香，好香。"依依对第一口食物的虔诚无人怀疑，小崔心里永远都是狗狗优先："你们都把中间男迎肥的扔给小狗吃吧……"Smoke不住地赞叹着自己的厨艺，他对自己从来都崇拜得五体投地。小白以传统美德谦让着所有人，听凭烤好的肉串一扫而光……还是得自力更生，在别人的大嚼中，小白上阵接替Smoke进行第二轮的烧烤比拼。

作为长辈，总会享受到"最惠"待遇，不仅可以不干活，还能先尝到最好的肉串，以及各种烤制品。弄得我都不好意思，谁定下这不平等规矩，还硬让我遵守？

唯一的不足是，忘了带烤豆腐和烤馒头片用的豆瓣酱、香辣酱，只好用心品尝食品的本色原味，心里想着这是最健康的选择。

欢乐饕餐间天色渐暗。小白道："咱们这配套还缺了一样，汽灯。"Smoke望着小亭子上的天花板："嗯，下回添一盏。"我眺望四周初红的秋叶，虽然够有情趣，但也必须打住："……所有这些添置的东西用完后你们打算往哪放？"小崔转身："放你家吧。"呵呵，此时的诗情画意、布景道具顷刻就会变成我家阳台上的堆积物——上次烤煳了的签子炉具刚被我扔出去——梦想中的田园小阳台原是用来放这个的……想想都要醉哭了。

全体吃得尽兴。暮色中，大家把所有的垃圾都装进塑料袋（至少要为自己的快乐买单），牵着狗儿，抬着木箱，抒发着本次烧烤心情，下山而去……

分手前约定，冬季来临前再举办一次烧烤，就定于10月末"满山红叶时"……

死亡的颜色

一直在期盼着 11 月的深秋，可以到后山坡去看红叶。记得去年秋天，某日偶然路过，忽然看到漫山遍野的殷红，那层层叠叠纯粹的红色，让人想起有名的香山。没想到，足不出小区，竟也有如此惹眼的红叶！

可正如毛主席诗词的描述："萧瑟秋风今又是，换了人间。"某天开车路过，从窗玻璃向外望去，却见数片残叶挂在光秃秃的枝头，满山红叶的幻梦竟随风飘去……今秋的寒风也来的忒早、忒猛了点吧！

不独是这小山坡，就连路边尚且绿着的杨柳枝，也在秋风中抖瑟着落叶纷纷。柔软的树叶掉在地上，被阳光晒成一层干枯的黄绿。

至于那楼侧的爬墙虎就不必说了，在经历了夏季的浓绿和初秋的红艳之后，现在已如一袭破渔网张挂着死亡的颜色，令人想起老妪头顶上残存的根根稀发。

只有天空是明丽的，没有一丝云彩，呈现着秋天的清冷和寂寥。

偶尔的明亮来自高大的杨树梢，在生命的最后时分里依然吟唱着对阳光的赞美。而在它的身下，一只硕大的蜘蛛王被冻死在蛛丝上一记得盛夏时分，那巨大的蛛网横挂在小路的树枝上，路过的女孩儿总是会发出一声惊叫！……如今，蜘蛛王孑然死去，它精心编织了一个夏天的大蛛网，只剩下一条网绳，悬挂着它僵硬的身体，依然令我敬畏。

秋冬之际真的并不好玩，在暖气终于供上来的时候，人们终于都缩进温暖的室内。冬天将给我们带来另一种方式的生活，我已经开始渴望那热气腾腾的火锅了……

阳光照亮最后一场雪

"快起来快起来，下大雪了！"正要开车去上班的 Smoke 从楼下打来电话。

"不可能……"昨天睡得太晚，我还迷迷糊糊。只记得气温太高，昨天预报的雪只飘了不到 10 分钟。

"你下来看看，这恐怕是今年最大的一场雪了，都在照相呢，再不来雪都要化了！"

不可思议。我强睁睡眼，穿衣下床，推开窗户一哇，果真是上帝的杰作啊！

金灿灿的阳光下，满眼的玉树银花。一珑珑花藤如同雪雕，匍匐在白皑皑的雪地上。小汽车像滚动的雪团，在花树中穿梭。远望楼宇间，一片白茫茫的世界……

一夜之间，上天赠给我们何样的礼物！

我带着小狗们跑下楼。

背阴的楼下，是童话里的白雪王国：头顶上是高高的雪树，身边是低低的雪藤，脚下逶迤的雪路，不时有雪粉从枝头落在肩上……小狗们狂欢着带我穿行。

　　一束阳光洒下楼宇，在雪枝间斑斑驳驳地闪耀。人们边走边用手机取景，还有人脖子上挂着相机，甚至，有人提着三脚架在茫茫地奔跑……真个是全民摄影，上班都不顾了。经历了雾霾久久的笼罩，沉醉在童话的世界里，上不上班，又如何？！

　　天，毕竟是暖了，雪正在融化。小狗们从雪水中跑过去，腿爪上的积雪都变成了冰坨，一嘟嘟地挂在长毛上。

　　……两个女孩正用手机拍照，迎着耀眼的阳光和晶莹剔透的雪树，"咔嗒、咔嗒"，一张又一张。她俩眯着眼睛在看照片，不用想，画框里定是漆黑一团。"要这样，顺着阳光拍啊。"我告诉她们。两人大悟，重新跑回树下"咔嗒"去了。

　　……

　　小狗在温水中被冲刷着脚爪，又在电吹风下享受着暖风的吹拂。

　　吃饱了，喝足了，小布头跳上按摩椅，会享受的面条却将自己裹进毛毯里闭上了眼睛……

　　我飞快地打开苹果笔记本，面对窗外正在消融的世界，记下这篇日志。

　　枝头上团团的白雪，正"扑嗒、扑嗒"掉落在地上……

　　乍抬头，阳光有些晃眼。

挂在冬天的尾巴上

北京还挂在冬天的尾巴上，郑州的最高气温听说已到了 33 摄氏度。哎哟，地球真是疯了！

太阳暖暖的，有一丝风，带着寒意。漫步在楼群东边的大道上，尽兴沐浴雨后的蓝天和冬日的暖阳，真好。

谁家的阳台竖着白色的栏杆，院子青砖铺地，又有木的葡萄架，静待着春天的花朵和夏日的果实。毗邻的院落里，那些被收养的流浪猫却不见了，麻编的彩色小鱼还挂在铁丝网上，瞅着闲置的秋千和空空的玻璃暖房发呆。难不成主人们又开着那辆宠物车（那是很气派的一辆 SUV），全家一起学吉普赛人，周游世界去了？

我让面条和布头在超市门外等我。它们乖乖地坐在那里，就像两只毛绒玩具。过路的人无不好奇地观赏和"啧啧"夸奖，店员也含笑地扒在玻璃门上……而我在超市里却只管放心地购买手撕面包和奇客全麦饼干。

走在回家的路上，小狗们追着我手里拎的小零食，比我还要兴奋。可怜见的，你们的期待怕是要落空了……

上楼，开门，脱下棉衣，房间里暖融融的。寒风留在了外面，只有阳光暖洋洋地拥抱着大窗户，我听见太阳公公笑容可掬地说：欢迎回家。

02

女性生活

站在新旧交替的时代

那个时代烛光是温暖的，鲜花带着露水，还有淡淡的芬芳。

那个时代的少女脸会红，心会跳，爱如蜜，浓浓地醉人。

现在不一样了，围城之外，被誉为"真汉子"的李宇春，领导着粉丝们迎着男性世界的唾液，用变异的心放牧女权主义的歌声。

"钻石恒久远，一颗永留传。"围城里的"淑女"们也被催情了。五星宾馆、豪华别墅、商场和专卖店，到处云集着她们的身影；墨镜、化妆品、假胸，乃至整个肉体都可以如假包换。爱情与做爱有什么区别吗？按照男性世界的法则委曲求全，才能跻身亿万豪门！终于，戴上了钻戒，兴高采烈、大声欢呼，像女王一样指挥着迎亲的车队，庆幸自己被风风光光地嫁掉！……而后，成为丈夫眼里的旧抹布。

烛光美酒是属于"小三儿"的，眼泪属于自己。这个，可以是真的。

这个世界，还有真正的女性的呼吸吗？

被　爱

曾有人问：在两性关系中，夸奖和被夸奖，你更喜欢哪一个？爱与被爱，你更希望哪一种？

真实地说，我喜欢后者。作为一个东方女人，在与异性的交往中，我更享受被爱。如果我赞美了，如果我爱了，那是因为我得到了我所爱，我由衷地感谢上苍，和那给予我幸福的爱人。

被爱，并不意味着等待，它甚至意味着一生的追求。追求真，追求善，追求美，追求纯粹，追求品位，追求知识，追求高尚，追求超然，追求自由……

唯独不追求人。

在这样的追求中，你拥有了女人一生的美丽、一生的自信、一生的爱与情。即使在孤独寂寞中，你也是他人眼里的一道风景，你也是主宰自己命运的主人。

人世的沧桑、为他人操纵的情欲，只会劫掠你的童心，让你在伤痕累累中衰微老去。而你为此获得的物质的一切、短暂的欢娱又岂能缝合支离破碎的灵魂？

我庆幸我一直被爱，我庆幸我孤独但从不空虚

我庆幸我是一个纯粹的女人，我从未曾失去。

男女关系

男人和女人之间越来越没有了关系。

他们都更关注自己的世界。没有思想交流，缺乏情感与共同兴趣，唯一的联系，只在床上，只有性。

要么你忍耐，要么你成为剩女。

作为大自然的造物主并没有犯错误，男女的比例没有失调。

失调的是病态的社会。男人和女人就像两根筷子，上下没法找齐。男人那头剩在乡村，女人这头留在都市。

中间的这一部分人，优秀的男人和平庸的女人，以男高女低的传统搭配方式幸福地生活在一起，他们不知道由于自己站错了队，导致了大批的剩男剩女。

剩女们如果认清现实，放弃男高女低的原则，仍然可以走进婚姻。比如接受比自己年龄更小、能力更弱的男人，回到母系氏族制社会，保护自己的小男孩。这也是一种婚姻的选择，因为她们不想跟现实较劲。

真正剩下的都是理想主义者。她们从里到外地塑造着自身的完美，也在渴望着完美的婚姻。但是优秀的男人在哪里？他们在家庭中需要的是使他们感到安全、远离竞争的平庸的另一半，完美女性却是他们永远都不敢触碰的梦。

完美女人，失去了和一个男人的终生联系，却在无数男人婚外的搏杀中望尽风花雪月，自由独步。

你是谁的宝贝

如若没有网恋的经历，似乎就不能算是现代女性。

——你寂寞吗？电脑屏幕上出现一行陌生男人的文字。

——（"寂寞"，是指什么？）……NO，我享受我的生活。

如水的音乐在四周环绕。是丹麦Jamo音响，还有美国舒尔麦克风。依依正倾心演唱王菲的《催眠》："第一口蛋糕的滋味，第一件玩具带来的安慰，太阳下山，冰激凌流泪……从头到尾，忘记了谁，想起了谁。"嗓音磁性柔美，不含杂质。依依是深厚的女中音，她用与王菲不同的音色把我们带进一段迷离、不可捉摸的爱情故事。

曾听过夏的演绎，她的声音质朴粗放、断句决绝、个性十足，但我却没有听懂她的爱情世界。

我去取做奶茶用的红茶包。

——你美丽、性感、成熟、知性……我喜欢你、渴望你、期待你！

我在键盘上回复这不速之客：给我一个喜欢、渴望、期待你的理由！

Coco开始跳久违的爵士舞。她跳得很性感，身体轻柔鱼跃，舞姿如水流淌，举手投足间都是挑逗。但在我看得入迷时，她却忽然停了下来，发辫散落，黑发如瀑般挡住了脸。没办法！就是这样一个随意的女孩。"我去找扎头发用的猴皮筋。"

——我是清华大学博士毕业，在大型央企工作，部门的主管，不是网络骗子。

——你有妻子或女友吗？这问题其实不需要问。

提拉米苏和芝士蛋糕被玻璃纸包装成一只只小方块，充满现代艺术感和建筑感。提拉米苏的口感甜美，但芝士谁都又爱又怕，生恐吃多了会长小肚子。礼物很精致，Coco常会给人带来意外惊喜。

"哦，快把那瓶冰红葡萄酒拿来！与这个正好相配。"

我从桌边站起来去拿开酒瓶的起子。

——我有老婆。她缺乏性感，结婚只是为了孝敬父母，生育后代。但我渴望与你有一段彼此难忘的人生经历。

——谢谢你的无耻和坦率!

"难忘的人生经历"对于某些男人来说，只是缠绕的性;对于女人，却是来自灵魂深处的爱。

感谢上帝在我的生命深处珍藏了足够多的难忘的记忆，它使我的一生都充满幸福、美丽芬芳。

现代人在网络上擦肩而过，每个人都有着不同的起点和终点。

"宝贝，我爱你!"

谁是他的宝贝，你知道吗?

在那遥远的西方

徜徉在人世间，浪漫的爱情就像店铺里美丽的衣裳，它吸引我们止步不前：

I have taken you to be the true wonderful woman in my life that destiny brought together.

Irrespective of culture and or tradition, life is precious and we should cherish every moment of it.

You are the only woman in my life.

——McHenry

这是一件丝滑流畅、白色真丝的长裙，美丽飘逸，从遥远的英伦来到我的盛夏之季。

它适合我吗？它属于我吗？

我要停在这里？还是继续向前？

——这是自由女性难以抉择的命题。

在两性关系中，到底什么才是最重要的？

　　金钱物质？社会关系？生活习惯？这无疑是中国式婚姻的命门。但在这些都不是问题的西方，爱，才是唯一被重视的。这一人生终极目标以及它所指引的方向，将能产生巨大的力量帮助人们克服一切。

　　我喜欢爱情纯真浪漫的质地。如果围城里只有柴米油盐，我更愿意选择独善其身。

单身生活：在路上

经常忘了自己的生日，可有家人替你惦记着。于是在红红的烛光里，开了拉菲特红酒，切了蛋糕，我也被催着许下心愿。

在闭上眼睛的那一瞬间，我想到了未来无数个可能—这是只有单身才会有的特权吧。有了另一半的人，无论那是一段怎样的婚姻，都要在既定的轨道上，宽容理解、忍让磨合、承担义务……在柴米油盐进行曲中，将青春一天天耗尽。未来，或许是相濡以沫，或许是抱怨无穷……人的一生，到底淹没在中国式的婚姻中。

但是单身的你，是自由的，你还可以有梦。

20年前，我读着中国诗词，揣着西方文学走出了我的围城。灵魂渴望自由，生命需要阳光，我在这个奉献了所有感情的"家"里，却已经失去了理解与信任。

"嫁汉嫁汉，穿衣吃饭""生是你的人，死是你的鬼"……听着这世俗的喧哗，我也在想：女人，你把自己当成了什么？

时光匆匆，忘记了自己的年龄，走在追梦的路上，总以为自己仍是如花的年华。其实年龄也真的只是一个数字，只有心理的变化，才决定着你是否年轻。这一点，老外比中国人看得更清楚，他们认为，爱是超越一切的。

You are the sunshine of life! Thanks for brightening my world！

Life is so beautiful that is when we have to be happy and smile. I want to always wake up and see you beside me, I want to watch you while you sleep at night, I want to serve your breakfast on bed just to tell you how much I love you... You mean so much to me, my sweetheart! I love you and will always.

西方的爱情像玫瑰散发着芬芳，东方的现实却如同暮色里的晚钟。西方的爱人希望你灵魂美丽、笑容灿烂，东方的老公却要你甘于平淡、以苦为荣。

你可以选择，因为生命属于你，只有一次，每个人都有幸福的权力。

当我睁开双眼看见烛光，我知道我其实什么都没有祈求。幸福的意义并不在于拥有谁。走在开满鲜花的路上，或许比到达终点更美妙。如今，谁还相信一纸婚书能锁住爱情？它能锁住的，只是物质和名义，甚至，它连这个都锁不住！

我会好好地爱自己。我相信，当灵魂存在时，爱情会永恒；当你失去自我的时候，所有的爱也都会离你远去！

在生日欢乐的尾声里，我和家人回到各自的房间。咦？一枚精致的胸针躺在礼盒中，它被悄悄放在我的床头。……我当然知道，这是谁干的。

感谢你如此理解亲情的意义，晚安，亲爱的朋友们。

有朋自远方来

"远飞的大雁，请你快快飞……"那个有点鼻音，喜欢唱歌的小姑娘来了。

那个被父母牵着手，穿着天蓝色连衣裙的漂亮的小公主来了。

时光已穿越了45年，眼前的她，身穿黑色风衣、浅色羊绒衫、戴着墨镜、披着丝巾，用父亲遗传给她的生活品位紧紧抓着青春的尾巴。令人唏嘘的是，她那会唱京剧、有文化内涵的司令员父亲已于数年前离开了人世。

沿着水立方、鸟巢之间宽阔的大道漫步，不是为了观光奥运场馆，而是为了避开城市的喧嚣，回到我们无瑕的童年。

想起大院里的孩子们，以及那些单纯有趣的生活。

"照张相吧，5块钱。"揽生意的小贩紧紧尾随在身后捣乱。

"说不定我们比你拍得还要好呢？"我打趣那小贩。

"那是，你们这么漂亮。"那小贩很友善。也有不忿儿的："要比我们拍得好，你们怎么不干这行？"

是啊，我们怎么没干这行呢？我俩相视大笑。

——小公主当兵去了某大军区文工团，而我，从部队转业当了报社编辑。现在，我们和大多数游人一样，都会用自己的手机玩儿自拍。

"哎，你的舞姿挺到位。"小公主瞧着手机里的画面。她的赞扬让我受宠若惊，因为在部队时，没有谁这样夸奖过我。

"一看就是那种能歌善舞的宣传队出来的人。"

这可就不是夸奖了。专业文艺团体分工明确，小公主在团里是专业的声乐演员，只有像我们这种半专业或业余性质的，才会又唱又跳，甚至还得演奏乐器，其实哪一门都不精专。

离开奥运场馆，我们沿着大道走向森林公园。

"还记得孙 XX 吗？"小公主说。

"当然记得。"我的眼前浮现出那个细眉秀眼、来自天津的姑娘，她随着改嫁的母亲来到我们大院。虽然身世坎坷，她却把《蝶恋花》这支具有专业技巧的舞蹈带到了我们学校，也带动了我们大院里练功习舞的风尚。如今，这可爱清秀的小姑娘又在哪儿呢？

夕阳西下，晚风吹来，有了些许凉意。

……

回到家里，接到来自英国的电话，只要没有回复邮件，MC 一准得打来国际长途。

"你今天过得好吗？"是那种半生不熟的普通话。

"嗯，很好。见到了童年的伙伴，很开心。"

"她在中国吗？"

"是的。"我没有告诉他更多，因为 MC 对我所处的中国环境总是感觉紧张。

过去、现在、未来，

东方、西方……

人生的穿越，常常令我们的潜意识不知该停留在何处？

夏日小记

夜晚的降雨浇灭了白日的热燥，连日来草木如洗，心也变得凉爽、宁静了。

有朋自远方来。玫躲过了南方的酷暑，晓静却被大雨阻在了地铁站。老天没有端平一碗水，还真是各有各的命！

夏与男友牵手到周庄，今日杀回 QQ，在我的空间里一顿滚翻原来又失恋了！实情是抛弃了男友这小女人真是宠不得。

多日没来 QQ 了，还竟被不少人惦记。"滴滴"的呼叫让我那一颗忙碌的心湿漉漉的……嗨，我的朋友，你还好吗？

顾不上长篇大论，生活小记，权当通个信息。我过得很好，别惦记。

天气预报：未来三天还有强降雨。你若出行可要当心哦。

闲暇的午后时光

阳光穿过马蹄莲，投在客厅的地板上（而窗外在刮着听不见的大风），小狗们趴在地板上晒太阳。

我坐在摇椅里，观望着电视里播放的尼古拉斯·凯奇的影片。屏幕上棕黄与咖啡色相间的色调，还有黑色加长版的老爷车……散发着浓浓的古典韵味。也并不缺少现代气息，倾斜的高楼、夜幕中星罗棋布的霓虹和车灯的蓝色河流泊来了美女帅哥的爱情故事。

玥明知道观影好比做梦，但梦难道不是生活的一部分？人生之河中幸福充溢的每一段时光，你都不必问它来自何处、是真是假。因为幸福的感受对于生命而言，本身就是真实的。

但凯奇毕竟是老了。不多的"动作"里已经见出身手的不灵光和体态的臃肿。只是在被灯光勾勒的那一瞬间，弯曲的金发、轮廓分明的头部特写依然还是意大利帅哥艺术范儿的风采。

小布头高高地翘着屁股，脑袋直往门底下钻，小爪子"磁磁"地扒着，那起伏有致的体态真是有趣得很！……哈，原来是一块肉干掉在了门缝下。

……

周 末

要下雨了，风声四起。窗户开着，不知声音是在窗外还是在窗内——影幕布上，也正有一片葱茏在风中摇摆。

几束光影掠过，照见白色茶几上的啤酒、坚果和荔枝。家人或坐在餐椅、沙发里，或躺在摇椅上，休闲地享受周末观影的团聚时光。小狗刚才在地板上打得难分难解，此刻也都安分地蜷缩在沙发里。

屏幕上，一个戴牛仔帽的男人弹奏着吉他孤独地站在漫天风沙的古堡前。叮咚如水的音乐将怀旧的情愫一点点地揉碎在四周的黑暗中。眼前流动着的情景来自《墨西哥往事》，这是 Smoke 的强力推荐。

没有谁还会想起"海底捞"服务员们那花样翻新的"雷锋"或是"唐僧"的名字，也不再有人调侃那曾登上"星光大道"的他们独创的甩面舞技巧。艺术使灵魂安静，白日的喧嚣突然间变得那么浅陋和粗糙。

这是家人共有的世界。对作品的讨论启迪着每个人的智慧，是那么令人愉悦。只是，当枪击、暴力、车撞人飞的场面让女人心生抗拒时，她们会另外找寻那些关于浪漫爱情的都市影片。

而这正是让 Smoke 张口无语、坐立不安的话题。

男人和女人，说到底分属两个不同的世界。

怀抱百合花的女孩

那个微黑纤细的女孩身背大包袋，手捧一大束百合花穿过人群……

她来到我家，让这花盛放在绿色的瓷瓶里。花是那么美，在阳光下，洁白的花瓣通体透明地舒展着，嫩黄的花蕊向外伸出长长的细颈。比起玫瑰的娇艳来，百合的纯洁，是对灵魂的礼赞。

因为对它动心，才会送我这清新的礼物？

还有一本小书也是赠品：《古董衣情缘》。是英国女作家伊莎贝尔·沃尔夫的畅销小说。封面设计是半裸的女人肩背，白色的卷发上撒满缤纷的野花。对于现代女孩儿，或许是一本讨人喜欢的书。

Coco 的灵性，不仅显露在她的舞蹈中，也在日常生活中时而展现。

虽然只是在一个服务中心做着前台的工作，但梦想从未离她远去。从哈尔滨到北京，和所有的北漂一样，这女孩在离乡背井的艰辛中成长。"我还年轻，多吃点苦没关系……"那口气里俨然是一种青春的骄傲。刚刚结束了一个装置艺术的短期培训："嗯，我还得接着学下一个课程……"

　　90 后的孩子，多半不会专注在某个事业上。她的爱好太多，另类的思想四处发散："不着急，我还年轻……嘿嘿。"

　　我自然相信，艺术之树扎根于生活，但愿，她的梦想有朝一日也成为盛放的花。

　　窗外的小雨淅淅沥沥地下着。Coco 忙着给要扛走的自行车打气，Smoke 从卧室出来，提醒说："这车没瓦，小心泥浆甩你一身。……不过没事，像你那么黑不溜秋，甩上去也看不出来。"

　　"我呸！" Coco 扛着自行车下了楼。

　　窗外的风雨中，是那挂着大包袋的纤细背影。

　　屋内，瓶中的百合花正散发着阵阵清香。

家常烤包子

1. 将超市买来的速冻包子放进蒸锅内，开大火；

2. 坐到电脑前忙任一事情（要求认真、专注、忘我）；

3. 无论多少时辰，直至有焦煳味将你从忘我中唤醒；

4. 此时无须惊慌，确认其来自包子后，以百米冲刺速度（当富有激情）蹿进厨房，在锅底被烤煳前迅速关火；

5. 用铲子、菜刀或任何顺手抄来的家伙将包子与篦子分离；

6. 如若包子底被粘掉，装盘时将顶部朝上即可。

呵呵，一盘卖相较好、外焦内香的"烤"包子出炉了，你是不是闻到了其中那股亲切、熟悉的焦煳味儿？

郊外的意式餐厅

　　在五环外一个类似荒郊的地方我们发现了一片老外聚居的别墅群、一个意大利餐厅和一个充满进口商品的超市！

　　正逢圣诞节，靠窗的位置一个月前就有人预订了。我们随便找了一个沙发座，只见身边大部分顾客都是老外。服务员送来刚出炉的小面包，面包不仅烤制得香软，配上餐厅自制的香料，也唤起我对迪丹沙龙的回忆：是罗勒叶与橄榄油混合的味道？在迪丹，我们的法餐、色拉吧里常有这种清香，这清香教我懂得，保持大自然原始味道的食物才是最棒的。我仔细涂抹着、品味着那香料，在同伴的嘲笑中醒过神来，发现已一口气干掉了 5 个小圆面包！

　　餐桌上已经摆满了茄子塔、眼肉牛排、意式比萨和蔬菜浓汤，看看 Smoke 沉醉的吃相，就知道那味道是如何正宗。

　　离开餐厅时，我特意从服务员那里又买了一瓶餐厅自制的香草料。

　　餐厅旁边的超市里，红酒区有近 200 平方米，还有一个可以走进去的恒温的储藏室。所有的商品都是进口的。我在货架上找到一大堆花式咖啡：蓝山、摩卡、卡布奇诺、法式香草……有一种薄荷摩卡奇诺咖啡更让我好奇，哈，回家有得冲泡了！

比起自己研磨的咖啡豆和不放糖的纯咖啡来，或许这太不正宗。但那些纯味咖啡以外的品种又是如何产生的？总是有人乐于尝试新事物。嗯，"薄荷摩卡奇诺咖啡"……这口感该有多丰富！对于我而言，也算是一种别致的消遣。

……

别问这家餐厅在哪里，一旦我为它做了广告，肯定要人满为患了……为了它犹如欧洲小镇般的宁静，我还是嘴巴严一点！

云南小店淘宝贝

一个不足 10 平方米的小店，竟藏着 N 多种云南土特产小零食，淘宝归来，让我揣着满满的欢喜。

吃货们，告诉你们我都淘了些什么（先别惊叫）——

豆末糖，吃过吗？小心地放在嘴里唯恐喷末的那种？对，是儿时的记忆。现在被我发现一这个可是清光绪年间享誉滇中的通海豆末糖，不含任何防腐剂、糖精和色素的！尝一尝，不仅保留着记忆中的酥松香甜，竟还吃出淡淡的茶叶味。

鲜花饼。雪白的饼皮，玫瑰花做馅。"上关（云南地名）花，苍山雪，洱海月"，真乃是风花雪月！玫瑰花馅津津甜甜，饼皮极其松软，那口感想想你能知道的！

还有一种更叫人意外，竟是产自云南深山密林中的地参。吃过东北的参，是用来煲汤滋补的，而这参，却被做成小零食，让你随时进补。很担心的是会不会有中药味？奇怪，蜜酥香甜的，竟尝不出半点苦涩！

最后还有一包是我个人的偏爱：米糕粉，可以蒸出真正的南方大米发糕！别搞错，这可不是超市里那种掺了面粉或糯米的难吃的面发糕。北方人这么做，是不懂米发糕的好处。大米发糕那松松的口感和香甜味道是只有南方人才能品得出来。我是半个南方人，曾在武汉街头吃过，多少年都无法忘记。这下终于可以自制来过把瘾了！

……

其实我还想寻找那种又薄又甜的"云片糕"，是我在云南当兵时经常买的小食品，但终归未能如愿。好了，也不能事事美满的。

——宝贝晒完了，吃货快报名，晚了可就没了！

走在时尚前面

　　20世纪90年代，我在报社当编辑。编发完稿件，常和同事溜出来逛街。有一次独自逛到丹尼斯，在商场一角发现了一个新品牌，叫作"例外"。不俗的名称吸引我走进店内。

　　服装的设计很有味道，休闲的家居感觉，随意而不张扬。且注重面料的质地，价格中上。一款款看去，就像是为本人打造的。惊喜之余，一口气淘了3件。其中一件姜黄色手织毛衣开衫至今还挂在我衣橱里。

　　2001年到北京后，没有见到这个品牌，我借出差机会回原籍，还是在那家店用4000元的不菲价格买了一件意大利黑色进口仿皮长款大衣。虽是仿皮，却是纯正的国际设计，回京后招惹得一位英国室内设计师Roger先生目不转睛，征询夫人意见：要不要来一件？只因夫人身材过于娇小而作罢。

　　2007年又曾回去光顾那家服饰店，令人不解的是，"例外"的服装款式变得张扬怪异，勉强买了一件，回来后却再也没有穿过，最后带着挂牌送给了一位朋友。我想这品牌一定是换了设计师，所以没能保持原创的风格。

　　时光荏苒，转眼已是 2013 年 3 月，国母彭丽媛陪同习近平主席出国访问，一连数套量身定制的中国服饰震惊中外，那品牌竟是"例外"！设计师也随之"浮出水面"，她就是"例外"的原创设计师马可。马可此时的服装品牌为"无用"。我立即查找她的相关资料，得知马可毕业于苏州丝绸工学院工艺美术系，1996 年创建"例外"品牌并担任设计总监，2004 年首次在北京举办"例外"春夏作品媒体发布会，2006 年马可离开"例外"，创立新品牌"无用"。一从这一历史不难解释我与"例外"初识而后疏离的缘分。

　　如今的马可已是国内外知名的杰出设计师，荣获众多国际国内设计大奖。2009 年她被香港设计中心授予"世界杰出华人设计师"荣誉，2010 年被世界经济论坛授予"2010 年世界青年领袖"称号。当国内众多富豪追逐第一夫人引领的时尚潮流，重金寻求马可的设计而不可得时，我却可以自信地说，我不是一个追风者，只因走在潮流前面，才有马可的作品成为衣橱里永久的收藏。

给现代母亲
——写在母亲节

清晨睁开眼，便见数条短信息："母亲节快乐！""I love you Mama!""……"

没有一条是儿子的。她们都是甜蜜的女孩儿。

呵呵，没什么可遗憾的。此时，儿子不是正开车带着我和他的依依，一起行驶在春游途中了吗？

儿子长大了，不再是我们的"处女作"，可以任我们随心涂抹；不再是我们的专利，可以让我们独自拥有。但我们的幸福感，却为什么与日俱增？因为他用责任撑起了"家"的脊梁；他用成熟的爱温暖了我们的世界。对于生活和事业，他有了自己的选择，但那片天地，也同样是属于我们、能与我们一起分享的。作为都市女性，我们不必守候在故乡的春节里，苦盼儿女"回家看看"，我们能与时俱进，与年轻人生活在同一时空中。一生的求知，对未来的信仰与执着，给了我们双倍的幸福回报。

时常听到同龄人抱怨，现在的孩子叛逆、自私，与我们之间有无法逾越的代沟。可你是否想过，你理解自己的孩子吗？你又付出多少努力来了解这个新时代？如果你不接受新事物，也不想提高自己，凭什么孩子要跟着你倒退回上一个世纪去？

新的时代已经颠覆了传统的含义，"母亲"不再意味着衰老的容颜和枯干的乳房。正像一个儿子在作文中对自己母亲的赞美："母爱如同火炬，它能带你走向正确的路；母爱如同一本书，有写不完的故事。……"多年前，孩子们眼里优秀的妈妈就已经是"化一点淡妆、懂一点时尚、学一点英语、有一些现代思想"，这样的母亲，在与时俱进、探索未来的路上，是儿女的知己；在对新一代的理解和交往中，是儿女们永远的朋友和"一世的情人"！

"母亲节快乐！"

在这一天将要结束的时候，我家的小音符终于奏响了。儿子和他的女友站在我的面前，打开了他们的礼物：那是一只白色的 Ipad 充电器。他们知道，我和他们一样也喜欢乔布斯，因为充满创意的"苹果"产品带给人类的是简洁、现代的品质生活。《活着就为改变世界》——这是乔布斯传记上贴切的书名。

而现代的母亲们，正走在改变世界的路上！

03

来点摇滚

来点儿摇滚

　　连续一周灰蒙蒙的雾霾，政府办事机构里冷漠的面孔和赔着笑脸的当事人……在京城生活十几年，乍回原籍，已经很难适应这种状况。朋友叹道，"如今这社会，你若有求于人，不这样子哪能办成事儿啊？"大众的奴性，使一些拥有权利的人越发颐指气使，敷衍塞责，针孔大的问题，都被堆成了一座山。

　　在一个派出所里，我遇到一些前来更改身份证的人，由于派出所工作的疏忽，造成身份证错误，给他们工作生活带来不便。一个妇女因为新旧身份证号码不符，房屋买卖部门不承认她的房产权。她来申请纠错，派出所管理人员一脸冷漠，要她出示错误证明。那妇女急得面红耳赤，都要哭出来了。我对那女负责人说："身份证出错是派出所的失误，应该是你来查对户籍档案，帮她纠错写出证明才是，怎么还让她给你开证明？"那女负责人怔怔看我半晌，匪夷所思的是，她居然不声不响照我说的做了！

　　之后我去一个机关办事，那科级干部像拨浪鼓一样摆着脑袋："以前的事儿我不清楚、不知道，谁给你办的你找谁去。"听他特意加重的那个"我"字，我也心头火起："我到这个办公室不是来找'你'的，你是张三还是李四我也没兴趣。但如果你什么事儿都不清楚不知道，请不要坐在这张办公桌后面！"奇怪的是，我的每一次愤怒，都能带来意料不到的结果，震惊之余，掌权者反倒变得心气平和。最终，他们也得到了我的理解和尊重。

从故乡回来，Smoke 给我推荐《我是歌手》第二季邓紫棋演唱的《存在》。这首汪峰的摇滚代表作本是男性嘶哑的呼喊，却被邓紫棋以女性的声音重新演绎，其超越现实自由飞翔的力量及叛逆精神，动人心弦。主持人张宇玩笑道："你看她肚皮上连点肉都没有，那种爆发力到底是从哪里来的？"

张宇当然知道，摇滚的爆发力不是来自生理器官，而是缘于愤怒，它来自理想的高度与沉重现实的碰撞。邓紫棋深刻理解了《存在》描述的内涵，思想的力量引领她冲破尘网，愤怒呐喊，那种照亮灵魂的美丽，是她心中真实自我的爆发。观众起立致敬、感动落泪，是因为生存在现实社会中，有着太多的压抑、隐忍、沉默、无奈，邓紫棋的爆发，砸断了他们心灵的枷锁，让他们在这一瞬间里，可以随之呐喊让灵魂展翅飞翔！

联想我的这趟故乡之行，令人压抑的也正是这样的现状。人们为什么离乡背井，拥挤到京城来求生存、求发展？或许还有很多难以言说的压抑和苦难。天子眼底皇城脚下，毕竟还有说理之处。

而在那些天高皇帝远的地方，面对道德沦沦、人性麻木，人们只能选择顺从和忍受。现实的惯性加重了人的奴性，艰难的生存，正是由于我们的阿 Q 精神。

谢谢邓紫棋的歌声让我心生感慨，写下这篇小文。我想对朋友们说：如果你逃离家园，并没有找到蓝天净土；如果你无休无止地工作，脸上却不能绽放笑容，如果你遭遇不公，如果你忍无可忍……请爆发一点正能量，因为照亮夜空的，正是无数睁开眼睛的小星星！

清明祭

即使回到家乡也见不到您的墓地，生前您已叮嘱："把我的骨灰撒掉。"

清明了，寒雨淅沥、天在哭泣。爸爸，您让我到哪里去找您？

我从衣柜里取出您的军衣，我知道这是您的最爱。它还像以前那样：平整厚重的人字呢，散发着军人的气息。您一生，都没有中止过对军队的热爱！还有这件米色的羊绒衫，您一直穿在身上，那是您来到北京，我特意给您买的。您穿着它去看望老战友，它衬着您的白发，衬着您晚年的洁净，它向所有人诉说着女儿对您的爱，让您红光满面的脸上展露笑颜。

还有这包勋章，它记载着您在解放新中国的战争中建立的功勋和荣耀。伴随着一张张老照片，它们让我想起儿时坐在您的膝上，听您讲述的那些战斗故事……

爸爸，我最不能面对的，是这一绺白发，那是您弥留之际，女儿从您的鬓角上剪下来的！……那一刻，泪水模糊了双眼，我却固执地要在心中留下您那一寸平头、满头白发的形象。

那就是慈爱，是亲情，是您留给我的永远不会失去的财富！

——您的爱，我永远记得，爸爸！我小时候，您常常从钱包里翻出"钢镚"放在我手上，心满意足地看着我跑出家门，到大院外面的街巷里去看"小人书"；我在部队服兵役，您把最好的松花蛋一个个地挑出来，装进盒子，让人带给远在千里之外的我；后来我带着长大的儿子回去过春节，您仍然步履蹒跚，从街上拎回来油条豆腐脑，看着我一口口地吃下去。我回家的那些天，您是掰着指头算日子啊！您从来没有对我说过这个字，但是这沉重的"爱"，却压弯了您的脊梁，蓄满了您的心，从您的眉梢眼角一点点地往外溢！

我爱您，爸爸，胜过这世上所有的一切！在您风烛残年的日子里，我没能陪伴在您的身边，为人父母的无奈，使我任凭了与自己父亲的生离死别。如今您在哪儿？爸爸！我该到哪儿去找您？……

照片上的您正慈爱地看着我，是的，在我的心里您从来没有离去！我拥抱着您的遗物，拥抱着与您永远永远的缘分，在清明无言的雨滴里，轻轻地对您说："爸爸，我非常非常想念您……"

一定要幸福，我们的"老情人"

40 年前，在云南北部山区，一群十六七岁的小女兵头戴耳机，在滴滴答答的电波声中书写着她们纯真的年华。

那个时候，高大的指导员带领她们攻坚业务、为连队争得文体活动的各种奖项……正像袁伟民对于国家女排的姑娘，作为"主帅"，他成为我们心目中的偶像和永远的"情人"。

转眼指导员已年逾古稀，在他八十大寿（东北老人把整岁生日提前一年）的这一天，我们相聚在大连他的家中。

"老情人"已经满头华发，却依然红光满面、身材高大；他的小女兵们也已青春飞逝……站在他的面前，需要他一个个仔细地辨认，从那些热切的眼神中寻找他熟悉的青春年华……

欢声笑语中，我坐到老王（指导员的爱人）身边，轻轻握住她的手。听说老王得了肺癌，已时日无多……望着她瘦弱的身体和脸上流淌的泪水，我不知该如何安慰。老王却说："我不怕死，但是我最放心不下的是老王（指导员）对儿子不好，无论儿子做什么，他都不满意，动不动就训斥，连正眼都不看他……儿子也是他亲生的呀！平时我无处可说，现在你们来了，我不说，还能跟谁说去……"我搂着伤心的老王："你放心，我们一定替你摆平！"

指导员的家有120平方米，居室（包括阁楼）都收拾得整齐洁净，我最喜欢的是老王生病前用钩针编织的拖鞋、一双双都那么色彩雅致、风格迥异。

他们的儿子王军、女儿王兵都回来了，全家人用大连的海鲜招待我们。寿席间，战友们激情澎湃地回顾往事，我望着指导员身后的绿植，大盆小盆，一片葱翠碧绿，可见主人生活得依然用心。对于凡事追求完美的指导员，不难想象，没考上大学、人生平庸的儿子，在他心中留下怎样的失意和缺憾！

席间我问指导员："在你心里，你儿子最大的优点是什么？"

指导员一愣："……他是我的儿子。"

"难道，除了是你儿子，他就没有优点吗？"

指导员沉思着，缓缓道："作为一个儿子，他做了他能做的一切。"我提着的心骤然放下。

抬头看坐在指导员对面的王军，他眼底泛红，忽然，以手遮面，只见两行泪水顺着脸颊滚滚流下。在久久的静寂中，我们能感受到他内心长期的压抑……而今天，他终于可以释然！

儿子拥抱着父亲，拍了他们最深情的合影，随后是欢乐的全家福、战友们与指导员全家的合照。王军端着阿姨们给父亲带来的生日蛋糕，走到母亲面前，让我们意想不到的是：他突然双膝跪下，将蛋糕一口口地喂进母亲的嘴里……这情景，令在场的每一个人唏嘘！

我对指导员悄声说："虽然儿子没有你想象的'远大前程'，但事业、权和钱并不等于幸福。在你的晚年，身边有这样一个孝顺的儿子，你该知足了！"指导员频频颔首，眼中闪着泪光，看得出，那里有饱含幸福与满足的笑意。

在大连的两天里，战友们争着为老王煮饭煲汤，教给指导员用最简单的方法为老伴烹制营养餐。已是空军大校的"小不点"秋英在厨房里奋力擦洗着边边角角、瓶瓶罐罐……所有人唯愿为指导员分担更多更多……

回到北京，孙琦又打回电话叮嘱指导员的女儿王兵："你妈妈日子不多了，你要抽空多陪陪她……"

指导员，你的小兵们身在各地，心却想在一处：希望你保重、幸福，一定要幸福哦！

美式教育

"凯尼，你怎么了？"

"生气。"

16 年前，当我与回国探亲的童年女友相谈甚欢时，她身边那出生在美国的小儿子由于遭到冷落这样回答她的妈妈。

他使我感到，出生在美国的孩子与出生在中国的孩子是这样的不同。他不发火不哭闹，却用如此安静的方式表达了自己的感受：他希望受到重视。那时他才两岁啊！

现在这个孩子就站在我的面前。他人高马大，健壮得像好莱坞的硬汉，让你再也无法忽略他的存在。天哪，他是吃了什么优质的营养食品？曾经，我儿子在英国留学，当国内同学夸他帅时，他却说：

"在老外面前，感觉自己像一根葱。"而现在，在一个生长在美国的孩子面前，我儿子仍然显得很单薄！难道，西方的食物里真有什么促进人体生长的秘方？后来凯尼的妈妈告诉我，他每天都要健身两个小时。这表明，凯尼已经意识到，并且希望自己成为一个男子汉。

凯尼 18 岁了，他马上就要进入纽约大学，他是跟着来中国出差的爸爸一起回国的，他还带着他的同学。那是个胖乎乎、脸蛋绯红、更显壮硕的男孩。三个男孩凑在一起，眉飞色舞，谈的是他们喜欢的汽车。由于见到了会说英语的中国朋友，凯尼同学的脸上也露出了笑容，原来，他是个极健谈的孩子。按在场的我的那位同龄人的说法，也是个"话痨"。

凯尼与长辈打交道礼貌、自然，不同于英国式的绅士和贵族气，也不像中国的孩子，在礼貌之余与长辈之间便只剩下无可逾越的"代沟"。他非常友善、真诚，与他谈话，你会感到自然和舒服。

但他仍然是个大男孩，而且正处于青春期。在长辈们的包围之外，他会偷偷问我儿子，在哪里可以找到中国的同龄人？

Smcke 会心一笑："三星屯。"

呵呵，凯尼，在女孩儿们的眼里，你会是个酷毙了的大帅哥！

赶集喽！

储备年货，一直牵挂着东郊。据说最正宗的进口牛排原材料正是来自那里。何况，还有比宠物店便宜得多的狗粮和各种土特产呢！

酝酿已久的东郊之行终于启动，Smoke 开车载着我们与邻居一行四人在东四环林立的大厦和车内的靡靡之音中穿行。采购的欲望涂抹繁花飞舞的世界，浑黄的雾霾也被抛在了脑后……

在汽车导航的帮助下我们顺利抵达目的地。停车不易，就让它泊在大棚外吧，我们从夹道里钻进市场。

好一个"闹"字了得！棚多、货多、人多、车多，逐个挤进去，却再也找不到那七元多一包的狗肉条……只一年的工夫，标价竟都翻了一倍！14 元一仅比社区宠物店 45 元 3 包的价格便宜了一块钱！

进口的安格斯牛眼肉和小牛仔骨都有，价格倒不算贵。据"吃货"孙放介绍：此牛排雪花分布均匀，肉汁十分丰富……趁着口水没有流下来，大家纷纷解囊采购……一路前行，还有新鲜的扇贝、虾仁，扇贝每只三元至五元，清蒸是太简单的事，春节要大快朵颐了，没必要总让饭店的二流厨师独领风骚。

　　我离开兴致盎然的同伴，钻进一家售卖咖啡杯具的小店。琳琅满目、颇具个性的杯群让人小饱眼福，我挑了一套红茶杯和一套现代风格的咖啡杯尽兴而返。

　　……既然东郊市场"超便宜"的美誉不再，也就没必要在此耽搁，下一站：农展馆春节大集市！

　　车还在三环上便已见农展馆院内旌旗飘扬，"春节大集市"的氛围已经具备。果如电视上所说，有足够的停车位，而且进出口分开，秩序井然。

　　场内人声鼎沸，来自各省市的特产在商家阵地上竞显妖娆，饮品、奶类的销售者端着小纸杯"敬请品尝"，一派兴隆景象。

　　沿摊走去，河南的道口烧鸡、云南的牦牛肉干和猪肉脯、山东的花样大馒头、新疆的马奶子葡萄干、内蒙古的羊奶酒、东北的山珍菌菇和松仁干果，好一个大千世界……

　　"吃货"Smoke拿了一袋道口烧鸡，我挤进湖北的孝感麻糖摊，同行的两位脑袋已经混沌不清，索性跟着我们乱抓一通……"孝感麻糖"虽不甚正宗，口感尚可（摊位上提供样品品尝）；可喜的是发现了上等的湖北莲子（白色的，不同于常见的发黄的那种，煲出银耳莲子汤来又面又糯），这可是我久寻不得的宝物……

　　可惜，我们只顾寻宝忘了问价，看到出口处堆积的产品，价钱竟比我们买得便宜许多，脸上的得意顿时打了折扣……

　　其实跑到那么远的东郊市场，最便宜的竟还是家门口一蓝桥新发市场。

　　身在一线城市，专享政府办事的高效率，两周没来逛，眼前已面目全非！

偌大的广场上立起了一片蓝白相间的简易棚，棉门帘严严实实，挡住了风寒。走在秩序井然的菜摊间，但见社区居民唇吐笑语，眼含春光，再不是露天采购时饱受风摧的瑟缩模样。

市场分为若干个完整的区域：蔬菜水果、牛羊猪肉、海鲜水产、熟食面类、调料干货……每一区域内都是摊贩毗连，菜品新鲜洁净，孰优孰劣，悉听客选……不知为何，"大红门"的猪肉摊占据了肉市的半壁江山，骤现超高人气；而以往独享春光的"双汇"却不见了踪影……难道"瘦肉精"事件真要断送其骄人前程？商场真个无情也！

远离城市核心圈，蓝桥新发市场的物价远比高收入的东区、市区便宜，又因面向京城最大居民点，不仅享有充足客源，且备受政府关注。

如我等，每日步行不足 10 分钟，享此桃源生活，幸甚幸甚！

落笔之际，听闻敲门声一原来是 Smoke 朋友，一对留学归来的小夫妻。二人因去东郊采购误点空返，懊丧之余途经我家，忽起歹心：甩下钱、留下话，硬是拿走了我们辛苦采购的精品安格斯牛排！

原来"吃货"Smoke 两日前拎着牛排两片上门做客，一顿吹嘘加上现场烧烤，把那美味发掘得淋漓尽致！此番"引狼入室"，纯属咎由自取。

因此嘱咐赶集淘宝的诸君，凡事切记：低调低调！

消夏大排档

盛夏未至，小区周边的大排档已是星罗棋布。

最旦现身的是十字路口的烤串。善打游击的小贩机动灵活，追着人流避着城管。让人不能理解的是，那种尘土飞扬的地方居然也有顾客去捧场—赤着脊背坐在小马扎上，竹签子扎的肉串油汪汪地戳在嘴里，还东张西望、潇洒不尽地瞅着马路上的人来车往。狼藉的战场第二天被清洁工打扫干净，地上残留的炭迹却是乌涂涂的一片。

随后登场的是路边的餐馆。宽阔的人行道倒像是专门用来给他拓展生意的，早在下午时分一片片红白相间的塑料桌椅就候着了。下班后人至客满，服务生一迭连声奔跑应酬，从店里面向外传送啤酒小菜。路边的烧烤炉里，已是狼烟四起。行人路经此地，倒像闯进了人家地盘，忙忙地闪躲着犹恐不及。

最服气的是小区北门那家集南北家常菜于一体的饭馆，菜品算是上些档次，一年四季都客满爆棚。夏日门外的大排档更是集正规作战与游击战于一体，不仅店里的精品家常菜可以在视野开阔的店外享用，店外烧烤炉上吱吱冒油的羊排、肉串……也可以丰富到里边的餐桌上。更有打折到 3 元一只的扇贝和各样水果拔丝每日换着样地撩拨顾客，愣是让小区的居民把那儿当成了自家的后厨房。

声势浩大的大排档当然要数龙德广场。前些年是青岛啤酒的创意，与龙德联手，在偌大的广场上用五彩灯光花树、厚重的原木清漆桌椅和有冲击力的霓虹广告门把周边社区、别墅的居民一网打尽。广场上南北小吃在雪亮的灯光下一字儿排开、秋色平分，东北二人转在小舞台上使出浑身解数，说唱的功夫让你知道，东北的角儿何止小沈阳！

昨日六一，我们首次晤面今夏的龙德大排档，但见青岛啤酒广告已然换了本地的燕京一正应了中国人"创意不如剽窃"的胜算原则，所有的创意和铺垫竟都归了后来者！

不知"排档"这种形式是否国人独创？想想，西方的咖啡馆也是临街散坐的。只是，那情景是艺术的店铺、遮阳的伞、文明的人群和优雅的香，咖啡店是城市的一道风景。而我们，进入了大排档，竟仿佛糟践了自己。

生于故土焉能不入乡随俗？大排抻当也是京城少不了的一景儿！

望"空"城

　　春节长假，家在外地的人争先返乡，据报道，两千人走了一千，京城半空。

　　平日在拥堵的车流中屡屡不得志的 Smoke，意兴阑珊，却在空阔的马路上飙上一把。我也想趁机看看半空的城市，于是大年初一这天轻车上路。

　　家家户户正热乎着团聚，市区果然路宽人稀。出家门上三环途中车辆不过平日的十分之一。Smoke 加大油门，满脸透着一个"爽"字！但只几秒钟，导航仪便警告"你已超速"！好在今日情绪不错，索性换一副假日心情。沿东三环在高楼林立中驱车缓行，权当在山谷间漫步。

　　东三环两侧，云集了外企、名企、五百强，极尽攀比的商务楼群，彰显着精英的意识、国际化的速度、现代的生活方式。在每日朝九晚五的队伍中，顶级 CEO 和精干的白领群体驾驶各种名驰轿跑车，拥有着世界级的豪情，却只能在央视"大裤衩"旁蜗牛般爬行……而今日，京东商务区仅仅十几分钟便被我们抛之身后。

方庄已在眼前。高薪的 CEO、白领们多在此购置房屋，使这偏僻的东南郊外"忽如一夜春风来"，拔地而起的楼群，升空速度赶上了火箭发射。由此不难想象，那大批往来于商圈与通州，朝九晚五在地铁中推挤挣扎的小白领们，又是怎样的生存状况。

南三环上。赵公桥仍是陈旧如昨，丽泽桥遍布低成本工厂，直至转上西南角，驶过莲花桥，才又见一片熟悉的楼群扑面而来一那正是体现着首都人文风范的行政、教育区域。

半个世纪的建国史曾在这里涂抹最初的华章，火柴匣式的楼群成为新国家建筑的主体。如今，这一切都显得呆滞陈旧、毫无生气。稍晚落成的北京电视台似欲独出心裁，但那细瘦冲天的单薄身影如昙花一现，成为缺少远见的标志。作为"与时俱进"的媒体，该台又与央视等众多有实力的单位乔迁朝阳新址。留下一片老楼如同弃妇，言说着无人问津的往事。

匆忙草率的建筑群令 Smoke 想起留学英国时那些并不高耸的宅居、坚固的石基，经典的风范虽历经百年沧桑，仍能领跑现代。

在平日最拥堵的西北三环，我们仍一路畅行，泱泱然驶入中轴线上的安定路。

十多年前，起于北郊的亚运村如今已算"市区"了，曾被视为京北最大的北辰购物中心，风头已让位于五环外能容纳百万人休闲购物的龙德广场。城市的迁移、人口的激增不断扩大着京城的版图，数百万首都居民其实早已身居城区的人文氛围之外，与京郊农民、外地务工大军同呼吸、共命运。

在新北京旅游胜地奥运公园，我们驱车环绕。大年初一，这里并无新年气象。沉寂的冬日天空下，人迹稀少，水立方玻璃幕墙上污渍淋漓……遥想奥运会时那湛蓝的天空、透明的空气仿佛是一场春梦！

奥运场馆竟被冷落至此！

仅一个小时左右，我们已绕三环游遍全城。现在是下午两点多钟，我们将车停在路旁，走进很久没来过的"眉州小吃"。

十年前，这家特色小吃店竹桌木椅，服务员小姑娘们腰系花围兜，满口的四川家乡话，将小碟小碗的鸡丝凉面、眉州香肠、糍粑、豆浆、酸辣粉……一样样摆在你面前。浓浓的川味绕梁，这里成为我们呼朋唤友的必到之处。但现在，小吃店重新装修，"火车座"取代了竹桌椅，头顶上悬着鱼骨般的一片有机玻璃……服装如保安的小伙子戴着歪在一边的鸭舌帽一或也可勉强算是"贝雷帽"吧。小碗小碟变成了中号钵盆，凉面里却没了"鸡丝"……抬眼望去，店里的木梁柱横陈在墙上，于灯光的照射下生生被造成了一段"文物"。唯一的好处是，大年初一，上座率却不多了，倒迎合我们一段休闲心情，于安静处细细品尝食物尚存的川风余韵。

"幸亏中国人不喝下午茶，不然又不知拥堵成什么样？"操着方向盘行驶在回家的路上，Smoke又冒出一个奇特的想法。

中国人喝下午茶？搞笑！……"可是，英国人下午难道都不上班吗？"我也想到一个问题。

"那老牌资本主义国家，居民即使领救济金每月也可得一两千磅，完全可以不工作了。喝下午茶是英国传统的生活方式，街道两边随处可见各种各样的咖啡馆，每到下午，人们都会聚在那里聊天、听音乐……"

如此轻松生活，难怪富起来的中国人都想往国外跑。而留在国内的尚未暴发的广大群体，压力重重，即使端着下午茶，又有什么心情聊？……

春节过后，千万大军就要返城，北京的天空又将浓烟滚滚，雾霾笼罩。

车停驻，人登楼，我们已到家。好在还有一席舒适洁净之地属于个人所有。

半空的北京已经被我们遗忘。料那高耸塔楼中的千家万户，亦有人如我们一样蜗居此地，以各种潮人的想法，创意着不乏诗意的生活。

未来生活概念

电影看完了，剧情却没弄明白。

"你看懂了么？"我问Smoke。因为汤姆·克鲁斯的电影是他推荐的，太空大战也是他喜欢的。

"说实话，我也没弄明白。"他居然很坦率，"倒是有一些画面让人印象深刻，好像是受了'苹果'的启发，宣传了某种生活概念。"

不论导演拍摄《遗落战境》的用意何在，我们关注的却都是太空大战之外的物事：

宽敞、明亮、可以通过巨大玻璃窗俯视太空的工作间，造型简洁、设计感十足的双人床，作为交通工具的无污染飞机，透明的飞船舱下碧蓝的游泳池，以及在如此生活中远离人群的二人世界……还有当战争结束，人们回归地球之后，那一幅极为美丽的画面—浓绿的灌木丛和湖边的小木屋。

这不正是我们所向往的品质生活？

简单、简单、再简单……在太空之上，在灰白之间，在自然的拥抱里。

我谦卑地仰望未来

我背叛了我的时代。在新旧世纪的进出口，我谦卑地仰望未来。

抛弃了所有的光环—职称、职务、名人榜、获奖证书……这些都不再是身份的证明；走出所有的圈子—以攫取利益为目的的规则再也不能成为心的羁绊；远离所有的污染—甲醛、雾霾、谎言、欺骗，肮脏的尘嚣已夺走我们太多的健康与欢笑；告别所有的往事—欲望情色、悲欢离合的情愫都已被岁月掩埋……

站在新世纪的入口，我的思想，如雨后复苏的青草地，清新如洗，一直绵延向无尽的未来。

未来的天空是浩瀚湛蓝的，走在这样的天空下，人的眼睛如星星一样明亮，人的呼吸像树叶一样芬芳，人的双手不再沾染霉变的气息，人的创造力就像早晨的太阳，每天都是新的！

而我的思想，正匍匐在未来的脚下—闪耀自然的雨露，散发泥土的清香，播种生命的活力，承载美好与希望！

我背叛了我的时代，我谦卑地仰望未来。

我背叛的，是死亡；我仰望的，是存在的力量。

04

追梦人生

怀旧经典：《蒂凡尼的早餐》

奥黛丽·赫本那简约到极致的黑白搭配，已经领导了大半个世纪的时尚，至今也无人能够超越。

影片从她身着一袭黑色长裙的背影开始，一个高绾着发髻，发髻间挑染出一缕缕银丝的时尚女子走下出租车……她站在蒂凡尼珠宝店的橱窗外面，一边吃早点，一边朝橱窗里观望。

这情景活脱脱是当代都市女孩儿的写真，而故事却发生在 20 世纪 50 年代。

女孩儿赫丽居住在一个出租公寓里。她单纯、率真，还有一点小小的狡黠，是一个追求时髦、沉迷于幻想的拜金者。在纯白色家具和凌乱时髦的生活用品之间，奥黛丽·赫本以她脱俗的灵性刻画了女孩儿神经质的可爱。

名流巨富们愿意为女孩儿的魅力买单，善良的女孩儿却常常去监狱探望一个老人（那是一个大毒犯）。某日她被媒体曝光，得知女孩儿与毒贩有牵连，巨富们都避嫌远去，女孩儿那即将嫁入豪门的美梦，变成了她的一厢情愿。

　　在抛弃了她的繁华都市与纯洁的爱情之间，她歇斯底里地发作，把相依为命的小猫扔下了出租车。

　　影片的结尾：在大雨中，在垃圾箱里，女孩儿找回了小猫，她把它裹进风衣，与爱人紧紧相拥。

　　昔日的主题更像是今日的写照，历史似乎并没有走出很远。我们追随着奥黛丽·赫本那在繁华都市中前行的身影，从她黑白相间、简洁时尚的衣着中看到了一种高贵而完整的人性。

　　在奥黛丽·赫本生命的晚年，她离开了影坛。当她走向非洲，抱起难民营饥饿的孩子，我们从这位联合国亲善大使的脸上，看见了历尽沧桑、饱经忧患的表情：她依然美丽，只是多了一份博爱与坚韧。

　　毫无疑问，奥黛丽·赫本留下的是我们心中一个永远清晰美好的背影，她绝不仅仅只是一个好莱坞明星。

交响乐：失落的优雅

　　曼哈顿交响乐团的演出是晚7:30，这正是下班高峰时间。为避拥堵，我弃车搭地铁，心里庆幸这次终于能如约赶到（7:15），轻松地给先来的同伴打了电话："我到了，你们在哪儿？"放下电话，心里忽然一惊：演出票！

　　在保利剧院大厅见到同伴，听说我忘了带票，两人一愣，其中的一位反应贼快："没关系，这不，我们又见面了！"另一位失落地说："算了，以后还有机会。"

　　我使劲地摇头："不行不行！我来解决……"决不能让朋友乘兴而来，败兴而归。我试图与工作人员协商，苦无结果，虽记得座位号，却并无凭据。同伴叹息："你若有照片就好了。"我心里一亮……即刻给Smoke打电话。老天保佑，他正巧刚刚下班到家！找到票，拍下照片用微信传过来一工作人员这才点头，带我们进入剧场。哎……一排正中的位置，天无绝人之路！

　　灯光中的舞台像是梦幻，身在剧场，瞬间忘了柴米油盐。小提琴纯净悠扬，大提琴浑厚低回，铜管乐器雄壮高亢……层层叠叠、气势恢宏，在指挥的手势下，这音响就像波涛起伏的海洋。海市蜃楼中，又有三角铁空灵的脆响时时划过……指挥如同经验丰富的船长，置身于波涛之上，调动万马千军，此时此刻，他才是世界上最幸福的人！而我们，跟随他博大丰富的内心，在音乐那极致的美中沉醉并深深感动。

七年前，我在这里第一次听到国际水准的演奏，是世界四大交响乐团之一的伦敦交响乐团。那时的北京观众对于世界级的音乐，有着一份崇敬与专注，剧场内极其安静，甚至可以听到一根针掉落的声音。我在这静寂中，看见了音乐天才一那位首席小提琴手，音乐已渗透他身体的每个细胞，不只是头、肩、手臂与提琴，连他的长腿和双脚都在演奏中疯狂地跳动！演出结束，我也领教了那贵族式的傲慢一并不是如某个国内交响乐团的指挥那样，在接受鲜花和掌声时目光朝天，居高临下一伦敦交响乐团的那位指挥，在如雷的掌声中匆忙收拾着他的乐谱，向某个演奏员吩咐事情，而后匆匆走下舞台……对于中国观众那因崇拜而分外热情的掌声他居然完全的麻木！那一刻我明白了，经历过无数世界高水准的演出，习惯了与最具音乐素养的欧美观众的交流，来到刚刚解决了温饱的中国观众之中，这样的掌声对他来说又有何意义？

八年过去，今非昔比。商业化的市场和人心丧失了对艺术的专注。除了学习音乐专业的家长与孩子们外，剧场内已很少见到当年那些气宇轩昂、衣着讲究的音乐爱好者。观众席上，手机"嗒嗒"的拍照声和雪亮的小屏幕干扰着演出，似乎也被工作人员默许。

美国纽约曼哈顿交响乐团的指挥与伦敦交响乐团的指挥是完全不同的风格。序曲过后，他不再引导人们对于音乐的严肃与专注。乐团请来纽约先生跳踢踏舞，指挥也和主持人一起蹁跹于舞台，他甚至像通俗歌手一样在音乐声中用手势邀请观众的掌声……这位指挥的确多才多艺，他不仅可以作曲，让乐队演奏他自创的中国风的音乐，小提琴也拉得足够漂亮，他在台上台下边拉边舞，同时兼顾指挥着他的乐队……对于欠缺音乐教育和素养的中国观众来说，或许这是更好的市场策略。

　　但我依然怀念着七年前的那场音乐会，在那贵族式的傲慢里，有着音乐的优雅与纯粹。

推荐《北京遇见西雅图》的 N 个理由

　　如果你已经看过了，一起交流回顾，如果你还没看，就算我向你推荐，你看了一定不会后悔！

　　我认为这是目前国产电影里最好看的生活片，不次于茱丽亚·罗伯茨主演的美国剧——《她曾是我的最爱》。更超过那些血雨腥风的国内家庭苦情剧。

　　一部片子的好看首先要养眼：美丽都市、浪漫生活、帅哥美女，多项要素齐备。譬如《落跑新娘》《浪漫满屋》，现在要加上《北京遇见西雅图》了！其次要感人：演员的表演一定要真实。他（她）笑时你也开怀，他（她）哭时你会落泪。这一点后者要超过前两部。最后结局要圆满，基本上是你自己美梦得以实现。上述几步都做到了，此剧的策划，堪称完美。

　　再次是两位演员，吴秀波和汤唯。这部戏的表演不由我要对此二人刮目相看。尽管汤唯前四分之一扮演小三还有做戏的成分，但后四分之三基本展现了真实的自我，改变了备受争议的三级片女星形象。此剧中她青春姣俏，窈窕性感，还是个内外兼修的好衣裳架子，很是养眼。至于吴秀波，其表演沉稳内敛，男人味十足。特别是将要离开女儿凝视照片时的场景，光看那背影都会叫人心痛！与汤唯的对手戏也无不饱含张力、富有感情。看完此剧后才听说，过去默默无闻的吴秀波，已被誉为国内一线大牌男星了！

还有一个理由是该剧一反灰姑娘变身富家女的套路，汤唯扮演的"小三"从金钱中醒悟，素面拥抱真情，非常符合当下女性在经济社会中的失落与归宿感。

总之，你在影院的一个半小时将会获得观赏与情感的充分满足。

……怎么样，动心了吗?

《色戒》与《黑皮书》

谢谢推荐，周末的下午看了电影《黑皮书》。

《黑皮书》与描写二战时期的其他影片一样，具有很强的冲击力。它以复杂的人物关系和曲折的情节让我们了解了人性中更深邃的本质。这是和平时期的电影无法仿效的。

《色戒》的情节框架或许是从《黑皮书》中受到启发，但两者给人的感觉却完全不同。《黑皮书》虽然细节更暴露，但其意不在"色"，而《色戒》中对"色"的渲染倒确实比较下功夫，为艺术而艺术的痕迹也是很明显的。

两者的确无法同日而语。

看一部好电影确实是快意的享受。

追梦人生

电梯直升五层。门开了，昏暗的灯光、震撼的海报伴随着爆米花香甜的味道，瞬间将你这个影迷投放在了影城中。

剧场外面，座椅上相依的情侣，彩灯透射着冰激凌、冷热饮品售卖的广告，这正是我们心目中浪漫休闲的地方。

抱着爆米花、维 C 水坐进放映厅，宽广的大银幕上山峰、海洋、城市的摩登楼群扑面而来，和着振聋发聩的音响，将你抛入蒙太奇的天罗地网……

剧情渐次呈现。与你四目相触的，正是心中的明星：他，风流倜傥、舞步翩跹、果敢勇猛、充满力量；她，美貌如花、如情似梦、眼波顾盼、摄人心魄！你无可抗拒地被他（她）深深地吸引着，潜游未来，穿越时空，在一次次灵与肉的撞击中洗濯沾满尘灰的灵魂，感受生命的饥渴与躁动。

只是在冲突的间歇，音乐如仙境流水使人缓缓吐出一口气，你方觉出现实的存在。此时爆米花和维 C 水的香甜是属于你的。

再次进入剧情，悬在心头的疑案将你紧紧攫住，直至那意外结局的来临。……满屏的字幕随音乐缓缓流去，观众从座椅里"噼啪"站起、陆续不舍地离场，你的身体还僵在原位，木无知觉。

这正是好电影的境界！你曾不息地追寻，时而失望，时而落空，但你追梦的人生却马蹄踏踏，揉碎了生活的平庸与安宁。

——你是这样一个影迷吗？很幸运！我在影院里认识了你。

巅峰之战

2013 年《中国好声音》决赛真是意外频出，波澜迭起。

原以为张恒远会是第一个被淘汰的，连他和他的导师汪峰脸上都透着不自信。两人合唱时，还选了那首《如果风不再吹》。谁承想第一轮投票，首个进入巅峰决赛的竟会是他！看得出，最有自信的导师和选手脸上的微笑都僵住了。弄得我也捏了把汗，因为其他三名选手都是一直以来呼声最高、有望夺冠的，可是他们之中却有一人要离开舞台了！走的人是金润吉，很惋惜。

下面比拼的是蘑菇头李琦和萱萱。李琦的确很有人气，但萱萱真是一匹黑马。自从她出其不意地淘汰了实力唱将姚贝娜，人们便开始看到她青春的力量和无限的潜能。为了让这初出茅庐的"嫩鸟"站上偶像的巅峰，导师那英与她同吃、同聊、同欢笑，屈尊放下巨星身架。被充分挖掘的萱萱带着热情的微笑和饱满的活力站在这个舞台上，与她身后的背景融为一体，是那么纯真。她的歌声是完美无憾的，虽然她演唱的是《天生不完美》。就连最后一首歌结束时那个小小的手势都充满了灵感与诙谐，令导师那英流下了满足与感动的泪水。但萱萱没有成功，她被李琦超越了！

最终夺取巅峰之战奖杯的是李琦。这个蘑菇头以草根和平民形象征服大众，他的亲和风趣、实力与微笑深入人心，果真是一站上舞台就魅力四射！歌声当然也是无与伦比。台湾的导师张惠妹果真厉害，决赛前带他去的地方竟是自己的家乡，让这个未来之星与自己的家人见面，并成为他们中的一员。两人合唱的《后知后觉》也意味深远，令李琦当场把功绩归功于"我的伟大的导师"。

竞赛走向巅峰，《中国好声音》已挣脱了技巧的锁链，姚贝娜被淘汰即是明证。我想，她那从事声乐表演和教学的最具专业资质的父母目睹全程，应该已经明了女儿的不足，情感的真诚与灵魂的饱满是专业技巧无法解决的。这一点，张恒远的导师汪峰倒是看得明白，所以先以"张恒远的歌声代表了一代人心底的呐喊"为高徒做了铺垫，也助他斩获意外的好成绩。

而最后三人的比拼，并不关乎情感与真诚的问题，因为他们都已充分完美地诠释了自我。剩下来的事只能交给大众。在理想、爱情、亲情与友情之间他们最终选择了情歌王子李琦。追逐梦想的张恒远、全身心散发亲情与友情光辉的萱萱惜居第二、第三。

一场盛宴的完结使我们的心归于平静。但我们依然会频频回首，因为那里也留下了大众的真诚与梦。

走进《快乐男声》

在这些阴霾浓重的天气里，你还能做什么？

幸好幸好，有湖南卫视的《快乐男生》总决赛，填补了这个周末的空白。

喜欢那空气里沉寂的期待，喜欢偶像们身上极富自信的感染力（无论是陈坤、李宇春还是韩国的 Rain，在这样的场合中，都焕发出前所未有的力量），喜欢那万众欢腾的场面……在这样的气氛中，你可以忘记现实中的一切，融入一场狂欢。

白举纲这个男孩儿还真是有运气，在我看来，他真的不能算是会唱歌。正如陈坤玩笑的话："你到底是怎样闯入前三强的？"谢霆锋的评价似乎揭开了谜底："在技巧上你没有任何设计，因为你根本不懂……所以，你是'未被污染'的！"周笔畅揭示的是：他用他近乎直白的声音，拼了！

欧豪是真正具有人气的，他自由、随心、充满力量的舞步，将我从椅子上拉起来，随之率性舞蹈。而韩国的 Rain 助兴来了，他的健美和充满异性魅力的气息，帅到令依依尖叫！

我一直期盼着，华晨宇能登上冠军宝座。这个被誉为"来自火星"的小孩儿，曾以多变的形象和超凡脱俗、清新空灵的声音，演绎了寂寞天才的童年，并一直毫无悬念地遥遥领先。但今天的决赛，他被欧豪超越了。比分相同，欧豪却赢得了评委和选手更多的投票。在万分的惋惜中，意料之外，竟是观众营救了这个"来自火星"的孩子！他最终以100多票的领先，登上了属于他的宝座，让那洁净可爱的微笑，铺满了整个荧屏。

比赛走到终点，我也随手将电视关闭。

——这一切和我有关吗？华晨宇的夺冠，偶像们的转身，湖南卫视成功营造出的万众欢腾的场面？……

有时一个激灵，会被自己的"沦落"吓到。

其实不必对自己如此苛刻。假如一档电视节目能牵动你的喜怒哀乐，那说明你也就是一个俗人，大众中的一个。你该为之庆幸，因为你还活蹦乱跳在生活里。

至于那些精包装的大众娱乐，无论有无背后的推手和操纵，你都不能抹杀真诚的力量。能否走上巅峰，还得一是谁，最终能让大众感动？

倾听"中国好声音"

从《中国好声音》到《最美和声》，西方世界的舶来品颠覆了中国电视节目的形式，带来了音乐传播的盛况。

与历届歌手大赛不同的是，《中国好声音》关注的不仅仅只是"好声音"，不仅仅只是纯熟圆转的声乐技巧和权威的评论，它关注的更是歌手的灵魂，是歌手内心世界的完美展现。

于是我们看到

梁博，这个只会用摇滚表现内心阳光、温暖和孤独的男孩，尽管他对身外的世界反应冷淡，以致导师那英不得不大喊："梁博，笑一下，你的票数会更高！"但是观众却理解了他毫不做作的真诚，把《中国好声音》的王者桂冠授予了这个除了音乐，不会向周围人致谢的天才。因为他用最美的灵魂和声音向人性表达了崇高的敬意！

吴莫愁，这个独特的、充满挑战的女孩，她那诡异的声音或许令人难以接受，但她以"打破与重建"的勇敢颠覆传统，绽放了青春的无畏……应该感谢庾澄庆，这位活力四射的导师，以伯乐的激情发掘着吴莫愁，并通过不懈努力让更多人认识了她的音乐。

　　我喜欢刘欢和他的学生吉克隽逸。在更宽广的层面上，吉克隽逸的原始与现代，代表了国际化的审美。听她演唱彝族歌曲《情深谊长》，熟悉之余，清纯和甜美不见了，新人类的真诚与质朴，如同她黝黑的皮肤，让我们感受到她背后的民族和土地。当刘欢拥抱他的学生时，我能听懂他内心的潮涌，这位中国流行乐坛的大哥大，是在拥抱他挚爱的音乐和对未来的期盼，他博大的胸怀让人感动。

　　"好声音"之后，模仿之风和暗箱操作随之而来，拥堵着各地电视频道。对于处在经济发展初级阶段的中国社会，这是再寻常不过的事。幸好，在一片纷至沓来的混乱中，我们依然能听见最美的和声

　　在北京卫视，羽凡和他的学生陈俊豪演唱着崔健的成名作《一无所有》，他们天衣无缝的和谐把人声的魅力发挥到了极致，但歌中的情感依然粗犷豪放，在人们心中留下碎裂之声一

　　我曾经问个不休

　　你何时跟我走？

　　难道在你面前

　　我永远是一无所有？

　　告诉你我等了很久

　　告诉你我最后的要求

　　我要抓着你的双手

　　你这就跟我走——

这时你的手在颤抖

这时你的泪在流

莫非你是在告诉我

你爱我一无所有？！

……

这充满爆发力的声音向我们昭示理想与信仰的价值，令我们警觉：当社会物欲横流的时候，我们真的是一无所有了！

中国国际汽车改装展一瞥

中国的汽车改装已经上路了。

上路的还有美女车模。有美女的车展才有人气，尽管这和改装一点关系都没有。有美女的改装杂志才有人看，那杂志是靠"型车魅影"拉动的。

但毕竟，中国的改装车还是粗糙地上路了。那车改得缺少品位，谈不上气质，五花八门、不明来路。在这样的初级阶段，我们走进了激情四射，却找不到方向的改装车展。

车展上什么都有：品牌汽车、房车、全地形车、电动代步车、自行车……跟改装一点不搭，是来凑趣的。另外有改装部件的推广：轮毂、特效漆、进排气系统、刹车套件、避震器……有雏形的改装样板：内饰、动力、车身彩绘。

从中也能看到一些吸引人的改装，徘徊在周围的酷男美女是它们的拥趸，中国汽车改装的步履也将在此延伸。

遗憾的是，在"国际"汽车改装展上，你却见不到国际大厂改装车的身影，为了保护国产汽车改装蹒跚的脚步，它们被屏蔽了。因此，我们的视野出现了"短板"，我们只能在这有限范围内去苦思冥想自己的方向。

　　但官方毕竟已经开放了汽车改装的绿灯，尽管也是在有限的范围内。

WDS 天津大奖赛排位赛精彩瞬间盘点

2012 年 WDS 天津大奖赛进程第五天，终于迎来了排位赛。

今天的排位赛起初进行得并不顺利。随着 83 号挪威车王 ColeArmstrong 失控撞上水泥墙，车手们接二连三地出现事故。36 号刘舜琪在第一个弯道入弯前就失控撞墙；44 号钱会明撞开水泥墙险些冲进人群；60 号王昌玺横着撞倒三块水泥墙；30 号张鑫第二圈发动机漏油冒烟。

正像前日采访中某车手表示的，本届大奖赛赛道比上届狭窄，内圈也布置了水泥墙，在一定程度上增加了车手的心理压力，技术不够过硬的甚至不敢做高难度动作。但这些丝毫没有影响本届赛事的激烈程度，"中国飘移第一人"张少华依然用完美的表现首度征服了我们。由于遇险车辆较多，比赛进行得断断续续。随着已经在征战日本 D1 的台湾车手冯仁稚登场，观众和其他车手再次沸腾。冯仁稚没有让我们失望，无可挑剔的精彩表现赢得多次掌声。芦晋驾驶本届大赛最怪异改装的绿色 NissanA31 非常抢眼，无论是高转速声浪、车辆角度还是拉烟都十分精彩，引起阵阵掌声。过弯时整个动作一气呵成，力量感十足。来自飘移运动发源地日本的高桥邦明实力完全不亚于欧美车手，红黄绿三色赛车几乎被淹没在浓烟中，极其连贯地迅速完成了比赛。

排位赛真正到达高潮开始于新西兰车手 SeanFalconer。好像被高桥邦明火爆的表现刺激到似的，Sean 用桑拿房一般的烟雾回应。途中车尾轻碰了海绵垫，他反而变本加厉地折磨轮胎。随后新西兰三冠王 CarlRuiterman 登场。我们已经很难评价谁更完美，只能把一次又一次的掌声毫无保留地献给他们。如果说不同之处，Carl 的飘移距离似乎更长，赛车声浪也更加悦耳而不撕裂。之前在集装箱里拜访过 KyleMohan 的座驾 MazdaFC 让我特别留意。发动机几乎全程保持着最高转速，车手的驾驶风格跟他光头、山羊胡的粗犷外表一致，直到他退场我才好好喘了口气，虽然吸进去的都是烟雾。紧接着 FredrickAasbo 之前油箱漏油的 ToyotaSupra 复活了。挪威人的驾驶风格很像他那帅气的外表，赛车优雅地穿过每一个弯道。终于，2011 年 WDS 总冠军得主、美国飘移冠军、今年决心捍卫宝座的王者一 VaughnGittinJR 驾到！不知大家是被 JR 的气势震慑住还是野马 5.0V8 机械增压发动机 640 匹的马力造成的声浪过于骇人，全场几乎听不到掌声，只有心脏和耳膜被折磨的痛楚。就这样 JR 一边撕裂着人们的神经，一边跑完了全程。

这仅仅是第一天的排位赛，明天的 16 强赛和决赛一定还有更多的疯狂等着我们。

（"改联网"记者孙放发表于 WDS 世界飘移系列赛官网，并由《新浪汽车》和《中国日报》等多家媒体转载）

　　附：这两篇署名"孙放"和"冒烟的鼹鼠"的文章出自我儿子的手笔。他曾在《改装》杂志做记者，任职两月便晋升为副主编。潜移默化，谆谆教诲，军功章是不是也应该有我一半？开个玩笑。关键是透过这些短文看见他成长的过程，对于改装，他比我懂。所以将它收进这本小集子。

涡轮的绝唱——我的后改装时代

那天车子一声低吼启动，我带着小福来到试车场，进行最后一次 100 米冲刺和飘移。之后她静静地躺在我旁边，就像三年来的每一天。

2009 年我购入了梦想已久的白色两厢福克斯，并在一年后给她动了大手术。涡轮上身，小福进入 7 秒行列。之后的一年多她陪我在高速上狂奔，场地上飘移，甚至给家人和朋友们送递过大包小件。受伤在所难免，大大小小的磕碰让小福不再洁白，托底之后排气管断裂也曾险些让她退休。每当重新把她从手术台上牵下来时，我都又重拾兴奋的心情。

随着年龄的增长和家庭的需要，我们决定换一部更大更踏实的座驾。为了腾出购车指标，我不得不把小福改回原样卖掉。临近改装厂，我最后一次深深踩下油门，排气深沉的怒吼和泄气阀清脆的尖啸对比依然强烈。

第二天再次见到小福，陌生而又熟悉。所有改装件都被原厂换下，车架旁放了一大堆。返程途中小福特别安静，也不再暴躁不安。奇怪的是我并没感到太多不适，相反觉得心态平和了许多。完全没了在车流中高速穿梭的冲动，甚至能享受音乐了。

之后的几天更让我吃惊。原本一上路就怒发冲冠的脾气瞬间平和下来，碰见插队车辆居然主动减速让行。小区里曾经让我恨之入骨的减速带成了感受悬挂缓冲的玩意儿，连从不敢问津的人行道也轻松征服（临时停一下而已，切勿效仿）。此时我才恍然明白，改的不是车，是心情。

一年多的改装生涯花费了无尽的时间、精力和金钱，就像小福从未让我失望一样，我也不曾后悔过一次。追求梦想、不问结果就是我对年轻的定义。尽管周围反对的声音不断，我总是一笑带过，因为坚信我们改装族并不都是危险的飙车党，只是一群有爱好有目标的年轻人。看着变回原形的小福回顾这段时间，我感到自己成熟了很多。不但因为不再容易冲动，更重要的是看到了自己曾经的目标依然色彩鲜艳，而今后的道路也豁然开朗。

感谢《速度与激情》让我产生最初的冲动，感谢那些把我带上改装之路的朋友们，更感谢小福几年给我的一切和对我生活的改变。

车是男人移动的堡垒，是大老婆，也是最亲密的战友。改装不再，激情永驻！

冒烟的鼹鼠

05
宠物店里的故事

拒绝同情

楼上的女孩牵着两只大狗出了门，邻居们议论："有 30 了吧？一个女孩不结婚，就跟着俩狗过，一定有故事……"

我知道那女孩为何死死攥着哈士奇和金毛的绳子，对人爱搭不理地一直向前走……因为只有穿过闲言碎语，她才有自由。

小区里有个爱猫的单身女人，养了 80 多只流浪猫。我想象不出一套两居或三居的房子里，养着 80 多只猫是什么样的景象？

"早上醒来，身上头上趴的都是猫！"我睁大两眼，望着这个不到 30 岁的单身女子……"我每月 6000 多的工资全都给了它们。"她说。

不日，一个在外企工作的女孩到家里来玩，说到她爸爸妈妈与她那两只可爱小猫之间的故事。她应该是个正常人吧？我问："如果每天早上醒来你的身上、头上趴的都是小猫，你是什么感觉？"

"哇哦，好幸福啊！"她叫道。

这个世界上原来有着许多我们并不知晓的幸福，而肤浅的我们，总喜欢以己度人并泛滥自己的同情。

美女"面条"

哈利端坐在楼前，仰望着楼上的一个窗口。

"哈利，走吧，面条不在家……你看，楼上的灯黑着呢。"女主人说。

"别逗了，它知道哪儿是面条家的窗户啊，别说还看见灯灭了！"我笑道。

"它知道的……不光前面的窗户，连你家后边的窗户它都认识……"

（呵，有点瘆人……）

"每天一遛到你家楼下哈利就不走了，一直仰着脑袋往上瞅。"

哈利是博美和其他品种交配的串儿狗，体形比博美大，所以也比博美凶悍。

邻居们在同一时间遛狗总是相遇，所以就成了狗友，小狗们之间也就成了玩伴儿。面条是狗群里的美女，但是它喜欢的只有哈利和宝宝。宝宝性格稳健、沉默寡言、眼神阴郁，长得就像电影《楚汉传奇》

里刘邦当村干部儿时牵的那只黄狗，也是一个串儿。

两公狗相遇，如若面条在场，必定龇牙瞪眼，狂吠不止，欲拼个你死我活。哈利被男主人的绳索套着脖颈，毛发横飞，怒目欲裂；宝宝则两眼发红，在女主人的怂恿下，一边狂吠，一边做悻悻然之态。最后往往是男主人把哈利勒走，彰显了绅士风度。此举更令哈利对宝宝积怨日深。

近来有两次哈利父子与面条不期而遇，惊喜之余紧随其后，殷勤呵护，边走边贪婪吮吸面条便下的"极品"。据女主人"揭秘"，回家后哈利和熊熊两只狗狗还要互相嗅闻对方身上面条的气味，如若哪天见到了面条，哈利回家后就会咧着嘴傻笑。

哈哈，痴情的狗狗们！

一场雪后，背阴的草地上留下了一个雪堆，小狗们的便溺使之成为一座千疮百孔的"假山"。面条刚刚在此留下记号，哈利父子便迅即抢占了高地。一只名叫"嘟嘟"的八哥狗跑来想分享一点气味儿，竟被父子俩怒吼着节节后退。

女主人说，近来哈利连正在闹狗的发妻"娜娜"也不顾了，完全"移情别恋"在了面条身上。

而面条又何曾知道，自己这就成了千人恨万人骂的"小三儿"！

此刻它正在小花园里冲着围追的小公狗们狂吠，冲出重围后，在我身前不停地跳高……它这是向我求救了。

我抱起它来，面条把头靠在我的肩上，此刻是千娇百媚，万种风情。

……

小布头

面条从外面跑回来，又累又热，它往木地板上"扑"地倒下，再也懒得动一下。小布头也"咚"的一声随着它倒在地板上，小眼珠黑白分明地向我瞟了几下，真逗！它根本就不累，不明白面条为什么倒在地上，也不知道接下来自己该干些什么？两岁的它只是一个模仿者。

所以它很快就感到了无聊，爬起来用屁股往面条脸上一次又一次地蹭，用后腿没完没了地踢着面条的脑袋，它想让面条起来跟它一起玩儿……

面条已经7岁了，它有自己的生活方式。此刻它正懒洋洋地晒着太阳，被踩急了，就用前爪挡一下。这使布头更加放肆，扑上来又是一阵捣乱。面条这下火了，爬起来追上去"嗷嗷"地教训了它一通！小布头老实了，坐回地毯上不声不响远远地看着面条。

过了一会儿，它找到一只早已风干的骨头，兢兢业业地啃了起来。

小布头把前爪搭在我的膝盖上，两只黑黑的小眼睛望着我，充满渴望。

——"宝贝，你想要什么？"

它把爪子搭在我的手臂上，偏着头仔细地观察我，我便与它对视。

它又把爪子搭上了我的肩头——然后，几乎拍到了我的脸上！……

我拉住它的手，它把脑袋深深地埋到我的手心里，并且用了很大的劲往我的腋下钻……

它这是在渴望妈妈的怀抱。在我见到它的时候它只有三个月大，却已被关在了宠物店的笼子里。小布头，你有兄弟姐妹吗？你还记得狗妈妈的气息吗？

我抱起小布头，让它坐在我的膝上。它很乖，听话地看着我，眼睛里是幸福和满足。——小布头，虽然你不像面条那样是个大美女，能得到那么多人和狗狗的宠爱，但你是聪明可爱的，你也在学着与人沟通，对吗？我们一定会有共同语言。就像面条，懂得了许多单词，能听懂简短的话语，它已经走进了人类的世界。

——来吧，小布头，我们一起努力！

一只蓝猫

它是我们在黄昏时捡到的。

我带着面条和布头出门送朋友，两个被闷坏了的小狗迫不及待地冲进正在降临的夜色中。

……在小路上，它们像是发现了什么，一边转圈，喉咙里发出

"咿咿"的叫声。面条显然是想抱住身下的某个东西。我蹲下来看，原来是只灰色的小猫咪！它好轻呵，捧在手上简直就像一团棉花，感觉不到一点重量。借着楼内的灯光，我看见这灰色的小生命弱弱地缩成一团，灰色的绒毛，又纯又软，柔得没有了骨感。

好可爱！这里没人养小猫，它是从哪里来的？我想把它抱回家，但想起上一次捡回家的那只三黄猫，被小狗恐吓骚扰、跳窗逃跑的事，不免有些犹豫。朋友劝我不要多事，说没准是只病猫，被主人扔掉的呢。于是，我带着它去了仁仁宠物医院。

宠物医院的灯光明亮又温暖。医生捧起小猫观察了一下，告诉我们，这是只"蓝猫"，但它得了传染病。他让我们看它仿佛被眼屎糊住的眼睛，说这种病只传染猫，不会传染给人和狗。但如果不及时救治，

它很快就会死掉。

我按照医生的吩咐交了医疗费，把它留在了医院里，并留下电话号码，让他有问题随时联系我。

Smoke 从上海出差回来，我告诉他蓝猫的事。果不其然，他比我更加兴奋，带着依依立刻跑去了仁仁。Smoke 喜欢猫，极其欣赏猫咪那清高、不搭理人的个性和优雅敏捷的动作，并且一直没绝了养猫的念头。

两个人直到很晚才回来。依依打开手机，一张张地给我看她拍的小蓝猫的照片，嘴里不住地念叨："太可爱了！太可爱了！"Smoke 告诉我小猫的治疗情况，他打算在小猫痊愈后就把它抱回家。

第二天我在电脑上搜索关于蓝猫的信息。查询结果为："俄罗斯蓝猫，性格宁静安详，略带羞涩，智商较高，叫声非常轻柔，在短毛种中独树一帜，颇受人们珍宠。……"我们对领它回家更增添了期待。

不料当晚医院打来了电话，说那只小蓝猫已经被别人领养！由于值班医生不了解情况，竟没有通知我们。

真沮丧！虽说小蓝猫被别人喜欢、领养是好事，但我们也为不能带它回家而隐约的不爽。毕竟，它是我们亲手捡回的小生命，而且它是多么的漂亮、可爱呵。

……

宠物医院

　　附近的宠物店有很多，从没想过这是一个朝阳产业，直至一家新开的宠物医院走进我的视野。

　　它就在我家旁边的一座楼房里，占据着临街铺面的两层。一层接待处的墙壁上，贴着农业大学兽医系教授和毕业生们年轻帅气的照片和简介，干净整洁的诊所里，有内外科室、化验室、药房、住院处。诊所里为宠物们保存着完备的病历。

　　在小动物注射打针的专用区域，一间间的小隔板像儿童的课桌。这儿不像是看病的地方，倒像是爱宠人士交流的场所。主人们怀抱着前来打针的宠物，嘴里都是阿猫阿狗的故事。

　　走廊两边，贴着憨态可掬的宠物宝宝的照片，那是主人在为它们寻找新家庭。

　　楼上一层，一排排整齐的笼子里等候着前来洗澡和美容的大金毛、哈士奇、萨摩耶、贵妇、泰迪和其他叫不出品种的狗狗们。工作区域是开放的，隔着玻璃窗，你可以看见系着围裙的工作人员用喷头和双手为池子里的狗狗们耐心地搓洗，浑身泡沫、毛发被揉搓得奇形怪状的狗狗们一边不甘地配合，一边拧着小脑袋，朝玻璃窗那边寻找偷窥它们的家长。

隔壁的美容室里，身着牛仔丁血、挽着袖子的女孩们正利落地大显身手，创造她们心目中最美丽的狗狗造型。推子剪刀"嚓嚓"地响，平日欢蹦乱跳的狗狗竟能一动不动地站上几个小时一可见爱美之心，人、狗皆有之！

玻璃窗外的大沙发上，一对小夫妻斜倚着，从摆满宠物画册的书报架上抽出一本叫作《名犬》的专业杂志。他们那只灰白两色的大古牧则刚刚出浴，正在玻璃窗内，被电吹风舞弄得毛发飞扬。

这里的工作人员全然没有为生存而敷衍的状况。他们为兴趣而来，对小动物的喜爱就是工作的最大动力。每当我带着"面条"来洗澡，总能听到小姑娘们喜悦的叫声："面条来了、面条来了！"她们跑出工作间，揉搓着面条的脑袋，嘴里"阿面""面面""条条"一连声地混叫。她们告诉我，狗狗们都有不同的个性，面条是它们中最"文静"的一个。

你无法不被吸引，这群20来岁的年轻人，带着他们的青春与活力汇聚在这里，每天清晨，小区的绿荫和草地上都能看到他们身穿白大褂、牵着寄养狗狗们散步的身影。他们怀抱与众不同的理想，走进了一个别致的新领域！

每当从这家宠物医院路过，面条和布头都会不由自主地跑进去，工作人员虽然忙碌，但总能亲昵地叫出每个狗狗的名字。干净健康的宠物们在主人身边撒着欢，结识一个又一个新朋友，这里成了宠物们的乐园。

宠物店里的故事

·

我到楼上去接洗完澡的面条和布头，两个小家伙疯了一样往我身上蹦高。给狗狗洗澡的小姑娘一边大笑，一边给予它们充分的理解："气坏了！气坏了！"确实，它们无法容忍离开主人这么久，而且，还要被关在笼子里！

下了楼，我在食品架子上给它们买了几只狗狗吃的火腿肠，早上没有吃东西，想必它们都饿坏了。

一个女人抱着狗狗站在宠物店的柜台前，满脸笑意地望着我们："你们家狗狗的耳朵真长，真好看。"

"你们那个也可以留这么长的。"我见她抱着的那只香槟色泰迪，跟面条是一个品种。

"你那两只都是小母狗吗？我本来也想养只红泰迪，但是有对老两口年纪太大养不了，就送了这只给我们，后来那老两口再来要，我们说什么也不给了！"

"原来是这样。"我说，"小狗就像孩子，会养出感情，所以不能送来送去的。"

可不吗？我家女儿抱怨说，"妈妈，你把感情都给了它！"我说，"你结婚成家离开了我们，我的感情不给它又能给谁呢？"

这女人开朗爽快，看上去有40多岁，但她说自己已经53岁了。"家里就剩我们老两口，人老了不像年轻时候那么腻了，养只小狗也是添个乐趣吧。有时候他看看报纸，摸摸 KT 的头，总是很开心。"

"小狗确实给人带来很多快乐。"

"不只是快乐，比孩子还懂事呢。孩子有时说话噎得你气都上不来，可是我们 KT 会拿眼睛看你，顺着你……"

是哦，我们家狗狗还会拿爪子碰你的手、把头往你怀里钻、撒着娇让你消气呢。我心想。

"你们那俩看起来很乖哦，我们这个可是很娇气，给它洗澡梳毛都会叫，我上街一趟它都会在家里哭。"女顾客还在不停地絮叨。面条和布头却开始冲我叫，它们是等不及要回家去了！

……

"辣妈"和它的崽崽们

　　……面条快要生宝宝了，它现在的体形就像一只袋鼠，预产期居然是六一儿童节！

　　它已经不再吃东西，这是产前预兆吗？

　　我们给它准备了一只很大的塑料洗澡盆放在书房里，以方便它给宝宝们清理脏物，听说狗狗生宝宝的时候也是不能被打扰的。

第一天分娩

　　早晨，面条卧在盆子里，腹部剧烈起伏，眼球潮红—这是在阵痛吧？虽然我已经告知狗友不要围观，但还是有人守在门外，想见证这一时刻，他们更期望能得到一只小狗崽。

　　只有主人是可以在面条身边守护的。我抚摸着它的身体，不知何时它的身子下就露出了一只顶着胞衣的小狗崽！……面条拼力撕扯着，终于将那胞衣扯破！一股羊水流了出来，小狗崽卷卷的红毛湿漉漉地贴在脑袋上。虽然它还没有睁开眼，却四下摇着小脑袋，张着小嘴巴……难不成，刚出生就要找吃的吗！面条此刻可顾不上它，因为第二只小狗崽也要出生了……然后相隔二三十分钟又有第三只、第四只……在分娩的间歇中，面条两眼通红、不停地剧烈喘息，同时不停地舔去小狗崽身上的脏东西……直到下一只小狗崽露出脑袋，它又开始奋力帮助这个小生命来到世界上。

门外围观的人掉眼泪了……怎么这么容易感动呵……

面条停止了分娩。我们数着那堆缠绕在一起尖声躁动的小家伙，一只、两只、三只、四只、五只……生完了吗？我摸了摸它那鼓鼓囊囊的肚子，好像还有小宝贝在里面？

是围观的人使面条分了心，中断了分娩？还是已经结束了？我们拿不定主意，于是把它抱到附近的动物医院。医生摸了摸它的肚子，也和我们一样拿不准，就让我们拍张片子。片子拍完了，没照出来有小狗，医生说："基本上是没有了。"哎哟，这诊断……但无论如何，面条算是大功告成了，本次生娃一共五只，可是没有一只母狗。申请获批的狗爸狗妈们，一个月之后请来抱你们的小宝贝吧！

第二天尽职的"辣妈"

面条寸步不离地守护照料着刚出生的小狗崽，但是它不得不时时跑去寻找马大哈主人：

早上8：00点。——主人，你终于起床了！快带我去便便……（然后又赶快回到小宝贝身边，它知道自己还要再耐心地等上几分钟）

主人带面条来到楼下草地上，它迅速处理完大小便，又匆匆地往家跑，单元门还锁着，主人在远处等候另外两只小狗，它跑到主人身边，

"汪汪"地催促：快一点吧，我的宝宝还没人照看！

回到家里，见宝宝们安然无恙，面条放心了。它又跑进厨房——"汪汪"，饭还没有做好吗？先给一点骨头汤吧，我都没有奶水喂宝宝了！

面条一边喝着骨头汤，一边警惕地望着门外：小布头正探头探脑地朝房里张望，它悄悄走了进来……

——不行，快出去！面条扑向小布头，凶猛愤怒的样子吓坏了它，小布头逃出门外，再也没敢靠近书房。

"辣妈"面条就这样全心全意地守护着它的宝贝们，承担着做母亲的责任。

这两天小布头和"马小三"可就太失落了。家人们都在围着面条团团转，它们好像已经被遗忘了。

——我们不是也刚做了美容吗？难道还不够漂亮?

——为什么骨头汤和大肉条都给了面条，这公平吗？

——没什么了不起的，明年我也要生一窝儿小狗崽！

第三天面条加油，我们爱你！

没有主人的陪伴，面条有点魂不守舍。它居然走出单人房，安排自己出来放风了！……跟着主人，时而在各个房间转转。我去看了它的狗崽儿们，都睡得那么香甜，这是吃饱喝足的样子……面条，你很棒哦！

依依和 Smoke 满怀热情，在他们的微信里发了很多面条宝宝的照片，依依捧着小崽崽们仔细辨认它们不同的特征，还在微信里写下"太可爱了，片刻不想离呀！"Smoke拍的小狗崽照片虽然丑丑的，但是他的空间却都空前热闹起来，大家的关心、爱心无以言表，想得到一只小狗狗的朋友们总使我们不忍拒绝。对生命的尊重，对小动物的关爱，已经成为新时代的阳光主题。

而在我的朋友圈里，一些朋友写道：面条加油，我们爱你！

所有的生命都是平等的。想到这一点，你的心里就会充满了爱。

第六天狗崽们

面条在外滞留的时间越来越长。有时需要提醒它："你的小宝贝呢？"面条方才如梦初醒，赶紧处理完大小便，快跑回家。

不过不用担心，照料五个宝宝对它来说基本是小菜一碟！瞧这一个个肥头大耳的吃货，你就知道面条是个多么了不起的超级"辣妈"！

小宝贝们长得很快，它们不仅模样不一样，性格也都不同，有的吃起奶来像小霸王，有的却乖巧可爱，有一个更逗，长得居然像周杰伦！我们便根据这些特征给它们取了名字：小霸王、无名、花儿、乖乖、杰伦。

第七天断尾

——你们对我的宝宝们做了什么？！面条睁大惊恐的眼睛，望着被捧在人们手上的它的宝宝们。

人们都说出生的泰迪狗狗要在第七天断尾（将皮筋绑在尾巴上，

阻断供血，让它萎缩、自然断掉），但显然，七天的时间太晚了，狗友们帮我做这件残酷的事时，小狗崽疼得吱吱乱叫……

我把断过尾的小狗崽放进面条怀里，它们仍然不吃不喝，吱吱地叫个不停。面条紧紧拥着它无法救助的宝宝们，脸上满满的都是悲伤。

无论面条有多么聪明，它也无法理解人类的审美。

第九天 主人的陪伴

比起刚生下宝宝那些日子，这些天好冷清！主人们都各自忙活，身边没有人关注、赞美，面条独自在书房守着仔仔，过得好无聊。

它出去找主人，"汪汪"地叫着。"面条，你想干吗？"……主人跟在它身后来到书房里。

面条用它明亮的眼睛看看宝宝，又望着主人一"哦，没有人陪伴了是吧？好的，我来陪你！"主人拉过小板凳，坐在宝宝们睡觉的澡盆旁边。面条高兴地跳进自己的小窝。

"呵，面条真能干！把小宝贝们收拾得这么干净，这么漂亮！"听着主人的夸奖，面条趴在垫子上，做出萌萌的表情。

第十天 一群吃货

狗崽：我容易吗？还没睁开眼，就在狗堆里翻山越岭地找乳头，好容易抓住一个，又被挤掉！……面条妈妈心胸宽广，但狗堆里的竞争也太激烈了！做人难，做狗更难，做狗崽难上加难！……但总算我们一天天长大了！睁开了眼睛，看见了世界。虽然我们很丑，但终有一天你会看到，我们有多帅！

　　面条：崽崽吃饱了，喝足了，连狗窝都收拾得干干净净……这是狗妈妈的分内事，都不用主人操心。忙完了，我也到有空调的房子里睡一会儿。有时想想宝宝的未来，新主人能善待它们吗？

第 28 天长成了小帅哥

　　小狗崽们长得好快，一个个虎头虎脑，小黑眼睛炯炯有神，简直帅呆了！ Smoke 叫来了他的专业摄影师朋友来给小家伙们拍照片，瞧这神态各异、齐齐整整的一群，完全可以上画报了！

　　这些天面条对它的宝宝们照看得却是越来越不经心了。外出大小便，它总是很贪玩儿，四处张望着，还经常跑到很远的地方，如果不是主人提醒，它都忘了自己是五个孩子的妈妈。

　　看来，小狗崽们也该自立门户了！

第 30 天最后的集体餐

　　满月啦！小宝贝们即将分别，到新的家庭与它们的新主人一起生活了，我们心里依依不舍。

　　今天，给它们吃了最后一顿集体餐，这是我们从宠物医院买来的奶糕，它们已经不需要再吃妈妈的奶了。我们把奶糕放在五只小食盆里，想给它们拍一张艺术照。但这谈何容易？无组织无纪律的小家伙儿们，总喜欢挤到别人的食盆里去争抢，我们不得不一次次地把它们拉回来，但终于拍出了一张有趣的合影！

乖乖和无名是最先被新主人领走的。本以为它们会像我们一样心怀留恋，没想到面对新主人，它们竟是一副"求抱走"的欢呼雀跃的无耻神情……真是一群没心没肺的小东西！……哎，原谅它们吧，谁对新生活不是充满向往呢?

尾　声

最后留守的，是那只虎虎有神、长得像周杰伦的小崽儿。同胞们都被领走了，一个人孤独地生活，它居然一点都不害怕。不到两个月的小狗，就能推倒行李箱，敢从 1 米高的窗台上跳下去，为了跻身卧室，能跟你一磕到底！精力充沛，脸皮超厚……天啊，求求它的新主人，赶快把它领走吧!

我把它的照片放到朋友圈，它那倔强的小样儿却被大大赞赏。大家都嫌我的生活乱得还不够，纷纷点赞："小家伙看起来很叛逆，我看好它!""它还很不服气呢，有个性!""这倔劲像我的菜，干脆送给我吧!"

杰伦终于离开了我们，被它的新主人欢天喜地地抱走。我们的生活也渐渐恢复了平静……但我还是常常会想起面条的小狗崽们，从朋友圈里看到它们，知道它们都成了新家庭新主人倍受宠爱和不可缺少的伙伴，真是莫大的安慰。

大地是你温暖的床

"妙妙不在了……"

"什么？妙妙……不——在——了？"我没明白。

"对，妙妙死了。"邻居告诉我。

我的头脑一片空白。每天早晨，那只跟在面条后面嗅来嗅去的浑身雪白的小京巴从此再也看不见了？

妙妙是一只小母狗，它的主人说，除了面条，妙妙不跟别的狗狗玩儿，它特别不喜欢小公狗。所以我们总是开玩笑，说妙妙是"同性恋"。

而现在，面条忽然失去了它的朋友，妙妙从这个地球上永远地消失了。

妙妙死于心脏病，它已经10岁了。据说京巴老年时会得各种各样的病：高血压，白内障，腰间盘脱出……而让人难过的是，妙妙猝死的时候家里没有一个人，主人们都上班去了，回来时妙妙已经头冲着门的方向倒地而亡。

这跟家人的离去有什么两样？

妙妙被主人放在一只盒子里，全家人把它抱到小区后面的山坡下埋葬了。

我没有看见他们，没有看见他们流泪，不知道他们会否心痛？我想那是一定的，不然怎么会家人相伴前往？我能想象他们像失去亲人一样的哀伤。

而面条，从此少了一位安静、温驯的伙伴。

安息，妙妙。大地是你温暖的床。

06

看世界

到马尔代夫去做梦

班多斯——在梦幻与浪漫中穿行

洗肺游？好有趣的命名！我要赞一下网络的智慧。

出行就像一次逃离：衣物、药品、旅行箱包……匆匆忙忙。但在我看来，它更像是兑现美丽的梦：海滨别墅、波斯米亚长裙、沙滩帽、雏菊花……纷至沓来，填满心的憧憬。

马尔代夫群岛，就像上帝撒落的珍珠，它属于每一个有梦的人。

火火火

新加坡航空公司的飞机降落在马累机场。从未走出过国门的我终于站在传说中马尔代夫的土地上，我的眼睛竟不能适应它的渺小：比起北京和新加坡的现代化航站楼，马累的候机大厅只能算是一排大平房！房子里，那一张张不足 1 平方米的柜台，就是各个岛屿酒店的办事处啦！

在湿热的海风和星空底下，我们登上去往班多斯酒店的快艇。

海浪在船尾卷起重重波涛，舷窗两侧，溅起丈高的水雾。漆黑的海面上有灯光点点，那是机场附近的海岛和酒店吧？……

一刻钟后，我们登上班多斯岛。灯光映着热带植物，晚风吹送酒吧音乐，霓虹灯上雪亮的英文，让我们想起今天正是平安夜！有几个老外坐在酒吧外沙滩上的圈椅里，岛上好像没有多少客人。Smoke 把手表回拨了 3 小时，按照北京和这里的时差，现在是马尔代夫时间 23∶10。

在东南亚风情的酒店大堂里办完入住手续，两个身材瘦小的印度人把我们的行李搬上旅行车。待我们也坐上去后，旅行车在神秘的黑夜中绕来绕去……灯光映着白沙小路，彩灯将绿植染得五彩斑斓。浪涛喧哗声中，时而可见被月光照亮的大海，从植物的剪影中露出一隅……班多斯岛就像是一个梦。

车子停在一幢复式草庐前。印度人帮我们搬行李的当儿，我打量着四周：廊前的灯光下是两把躺椅，隔着房前小路，有一片沙地和密密的热带植物林，林子敞开处，露出大海与沙滩，两把白色的沙滩椅浴着月光，如雪的浪花一层层扑打在细沙上……不敢相信，这里竟是我们将要入住的"家"！……

印度司机拿到 10 美元小费，高兴地与我们道别。我们迫不及待地走进别墅：一个弯旋的楼梯通向二层，楼上有宽大的双人床，床头灯映着楼栏与沙发。阳台下，是夜色中的绿植、沙滩和浅海。晚风吹拂，海浪哗哗，好一个如歌的海岛之夜！

楼下一层也是木地板，一张单人床，桌台、酒柜、沙发一应俱全。推开盥洗室的门，几乎屏住呼吸：原来竟是一个半开放的后院！

石墙和玻璃门分隔出淋浴区、卫生间和男女独立的大盥洗台，台阶下，白色碎石铺地，一只硕大的按摩浴缸安放在草蓬中。想象一下，躺在温暖的水中，眺望星空的惬意！如若遇到阵雨就更妙了，你可以一边享受舒服的按摩，一边观赏茅草屋檐下如注的雨线，听淅淅沥沥的雨声……

——梦想中的海岛生活就这样开始了！

清晨推开房门，那是怎样一幅美丽的图画：蓝天如洗，绿植在风中摇曳，沙滩椅静卧在海边，等候着它的主人……甩掉拖鞋，踩着软软的白沙奔向海滩，与大海进行最亲密的接触！……海水清且蓝，一眼望到底，是白色的沙与褐色的礁石。用不着担心比基尼的暴露，邻居们正和我们一样，自在畅游呢！浮游在大海中眺望如花的海岛，草庐别墅参差错落，小路上时有外国情侣路过。男人坦着胸毛，女人穿着比基尼，即使丰腹肥臀也自若依然，一路谈笑半裸而去。

海岛是如此开放，但是作为东方女性，我还是喜欢身着沙滩裙，随地捡拾一朵野花别在鬓角，绿植葱茏的草庐边，随便拍一张照片，就是美美的异国风情！

用早餐时，发现餐厅里的游客其实很多，但基本上都是欧洲人。身边端着自助餐盘擦肩走过的，不仅有金发长腿美女、举止文明的绅士，还有天籁般纯真可爱的儿童……班多斯岛像是另一个世界。

自助餐十分丰富，汤羹、果品、各种肉食一应俱全。

餐后沿岛而去，但见花园一样的小岛上，一幢幢白色别墅更像是欧洲的家庭住宅，花朵缤纷，小路逶迤，真是无处不浪漫！……海边躺椅上，有三三两两观海的游人，走在高大的椰子树下，还被我捡到一只青椰！

Smoke却不断发现那些更加微观的世界：被海浪冲到沙滩上的小珊瑚、小螃蟹……他到马尔代夫的梦想，居然是躺在沙滩上，晒着太阳喝啤酒！这个美梦他毫无困难地实现了。当我从午休中醒来，正碰上他沾着满脚的白沙，拎着啤酒瓶从沙滩上跑回来，一屁股坐在门前的椅子上，大喊着：爽！……

短暂的两天过去了，我们又将启程，奔赴马尔代夫的另一个岛屿：阿雅达。

阿雅达——美丽与奢华的处女地

乘坐内陆机场的小飞机在马尔代夫的上空飞行，弦窗下是一片深邃的蓝天。当飞机徐徐降落，眼底现出丝绸般的波纹，你才发现，弦窗下的蓝色不是天空而是大海！辽阔的海面上，有一弯弯如同贝壳般的淡蓝，它的边缘呈现银色的光泽，依次是褐色和浅蓝，美极了！……告诉你，那可不是什么贝壳，它就是马尔代夫特有的浅海，由白色的沙滩、褐色的礁石和淡蓝的海水组成。

在小飞机上翻阅杂志，我看到了描绘19世纪马尔代夫土著生活的图画。而在今天，世界各地的淘金者发现了这片"上帝撒落的珍珠"。他们在这些长着繁茂的热带植物的小岛上建造宾馆别墅，开发旅游资源。因此，马尔代夫的每一个小岛都属于不同的开发商，有一个不一样的宾馆命名。

阿雅达岛，就是土耳其人于两年前开发的。它的历史不长，就像一个美丽的处女，保留着更多原生态。

以一流服务闻名于世的土耳其人，发挥了他们的优势。在马尔代夫 100 多个岛屿中，阿雅达岛的宾馆也是一流的。宾馆分为水上屋和海滩别墅两种，顾名思义，水上屋就是建在水上的房子，它以长长的弧形栈桥与陆地相连。想象一下，住在四面环海的房子里，是一种怎样出世的心境！海滩别墅内的配置则极尽奢华：HarmanKardon 音响、JBL 床头闹钟、整套水晶酒器和免费的香槟酒……在两套盥洗池、淋浴和浴缸、梳妆台、写字台之外，还有仿制的山泉淋浴和私人游泳池。茂密的绿植和高高的椰树遮挡着别墅后院，穿行数步，眼前豁然开朗，蓝天大海竟然也是你的专属！

别墅内的装饰是现代与土耳其风格的混搭：金属镂空的灯罩，深红色窗帘和银色流苏，在黄色灯光中呈温暖浓郁的民族色彩；舒适的沙发和宽大的双人床则让主人充分享受现代生活的惬意与放松。

在每 01500 美元（含税）的住宿费中，包括了土耳其管家贴心的服务，从你走下快艇的那一刻起，他便不离左右：帮你拎行李、办理住宿手续，开着旅行车送你到家门口，顺便绕行各处，领你认识餐厅、娱乐、健身房和景点。在他教给 Smoke 使用房间内那些高档设备，帮我们计算和预定离岛航班、快艇的时间里，我却是极其无聊，他和 Smoke 的英语交流，我是一个字也听不懂！

好容易送走了管家（临出门他还在嘱咐，若到餐厅和岛上各处，可随时打电话叫他，以便旅行车接送），我赶紧看手机上的时间，忙着计划本来就不多的游玩拍摄活动……Smoke 一边不住地称赞土耳其管家的服务，一边兴致勃勃地展开对各种奢华设备的研究使用，对着那些让他惊奇的陈设大呼小叫。

阿雅达岛上的景点并不多，却极尽精彩：褐色的茅屋鳞次排列在辽阔的海面上，以一条弧形的栈桥相连，构成阿雅达独特别致的水景。水上餐厅白色的建筑和雪白的纱帘映着蓝天碧水，美得叫人心醉！镶嵌着原木年轮的船形餐吧里摆满丰盛的食物。坐在餐桌旁，你的脚下是不停闪烁的碧绿的海水，眼中是无际的天空与大海。原汁原味浓浓的芒果汁里，透着来自天然的淡淡清香；各种各样的果酱里，有着一些口感很棒的晶莹的颗粒。面对叫不出名的香肠、火腿、甜点、水果，你可以一边享受大自然的赐予，一边面朝大海、没心没肺地消磨一整个天高云淡的上午。

阿雅达还有一个美丽的建筑，那就是白屋。它是恋人们举办婚礼的地方。白房下的玻璃墙内，处处可见白纱的装饰，它象征爱情的纯洁和永恒。从外面看，它洁白庄重的造型和宽大的绿草坪让人想起美国的白宫。

不多的人工建筑之外，阿雅达岛上恐怕就只有它原初的形态了：蓝色的大海、洁白的沙滩、茂密的植物、高高的椰树……就像我国海南岛常见的风景。奇怪的是，尽管它离马累机场最远，住宿昂贵，远不如班多斯岛精致和浪漫，却吸引了大批的中国游客。是网络传播的力量，还是中国人的跟风心理？据土耳其管家透露：中国游客最适合阿雅达岛的高端定位，他们舍得花钱，但同时也是最难服务的。中国人的餐桌上，吃剩的果皮和浪费掉的食物一片狼藉，很难清理。而收拾西方游客的餐桌，只要端走盘子就 OK 了！中国游客也很不礼貌，很多人不会对服务员说"谢谢"……

幸福时光匆匆飞逝，原打算离岛前再拍一些照片，谁知却突然下起阵雨！茅草屋檐下稀里哗啦一片雨声，游泳池边的布艺沙发也被浸泡在大雨里。我们担心飞机是否还能起飞？管家说，这是岛上常见的天气，不会影响航班。于是我们按预计时间离开了阿雅达。

　　大雨扑打着快艇的舷窗，茫茫水雾中，管家和中国翻译仍站在码头上向我们挥手告别……土耳其人的贴心服务的确是贯彻到底哦！

　　马累机场灯光璀璨，我们的马代之行转瞬就要结束了！但这绝不是最后的告别，和每一个来过这里的游客一样，我在心里默默许愿：马尔代夫，我还会来看你！因为，比起我们雾霾肆虐的国土，你美得就像天堂。你那毫无瑕疵的蓝天碧水，将一直清澈在我的梦里……微波荡漾。

浮光掠影意大利

　　飞机在法兰克福机场中转，未及仔细品味第一眼看到的异国模样，便被候机楼里一幅巨幅广告吸引了一那是我国的世界级钢琴演奏家郎朗。

　　这正是欧洲刚刚遭受了金融危机，而我国经济建设继续拉升的2014年。中国的崛起已经让它的子民在国门之外感到了自豪。这一年，我首次参加了中国国旅的境外旅行团。

罗　马

　　走在罗马入境的通道上，有种奇怪的感觉：长袍高靴携着古罗马遗风的僧人，头戴鸭舌帽、肩头扛着小女儿的犹太人，眼窝深陷、睫毛浓黑的异国少女，轮廓硬朗、身材修长的意大利帅哥……此时就像穿越在历史的时空。

　　天下着小雨，罗马的天空阴云密布，时间仿佛停留在斯巴达克起义的公元前。直至第二天雨过天晴走出小酒店，花开草绿，清澈明亮的地平线才向我们显示这的确是 21 世纪初某个 5 月的清晨。

大巴停在梵蒂冈圣彼得大教堂外，雨又下起来了。烟云重锁，冷雨淅沥，广场地面上，古罗马时代的小方砖湿漉漉地反着光亮。来自世界各地的参观者在五彩斑斓的雨伞下排着看不见首尾的"长龙"。我们紧随导游在众人的伞下钻来绕去，好容易才找到"长龙"的尾部。

这是我第一次参观欧洲的教堂，此后每到一处总是看到不同风格的教堂建筑，方知晓它深厚的文化内涵和它对于西方人生活的重要。梵蒂冈大教堂是世界天主教中心，也是最辉煌壮丽的一座。教堂的台阶下排列着无数座椅，它的内部更可容纳5万人。广场中央的那座无字方尖碑来自埃及，正如法国、英国、美国、波兰、以色列、土耳其……的掠夺一样，埃及方尖碑在异国土地上彰显着战胜者的荣耀。而梵蒂冈大教堂前的这一座，是世界最著名的，也是罗马帝国拥有的11座方尖碑中最大的。

环绕广场缓缓行进了2小时我们才进入教堂。这座巴洛克风格的建筑内部高旷宏伟、金碧辉煌，在此穹隆之下，人显得十分渺小。据说世界最杰出的艺术家都在此贡献了他们的作品：米开朗琪罗、拉菲尔、蒙克、贝尼尼……这里的上百件艺术珍品被视为无价资产、世界的瑰宝。而大教堂则是镶嵌在罗马城上的皇冠。穿梭在走廊与巨大的廊柱之间，那精美的雕刻绘画来不及细细鉴赏，须臾工夫我们便随着人流又被吞吐出教堂。

广场上已是阳光灿烂，鸽哨嘹亮，可爱的小鸽子在人群中蹦蹦跳跳地觅食，一片风雨过后的和平景象。这时，我看见喷泉吐雾，教堂穹顶近百位神祇的雕塑在蓝天白云下尽展千姿百态。

……

　　著名的罗马角斗场是古罗马的象征，也是游客必去之地。公元72-79年，罗马帝国征服耶路撒冷后，为纪念皇帝威斯巴西安的丰功伟绩，在罗马市内台伯河东岸，由8万名犹太俘虏做劳役，用时8年完成了这座角斗场。

　　经历了2000年风雨的侵袭，角斗场已成一片废墟：围墙倒塌半壁，地窖露出了地面，只有四周的看台似乎还保持着当年的模样。站在这片红土遗迹前，我自然地想起乔万尼奥里的长篇小说《斯巴达克思》，书中角斗士和猛兽生死搏斗的场面，以及公元前73-前71年爆发的那场奴隶起义是那般惊心动魄……然而在历史的烽烟中，这一切都成了一片狼藉。

　　角斗场旁边有一座不大的凯旋门，看起来简单原始，但正是它启迪了拿破仑，建造了著名的巴黎凯旋门。如今古迹前的大道上浓荫遮蔽，绿树如云。来自各地的游客们乘坐着中世纪轿式马车不亦乐乎。在售卖明信片、纪念品和冰箱贴的小摊铺上，也都围着一群群的游人。

　　罗马的老城区街巷十分狭窄，在仅能容三四人并行的坡道上仍挤出一排咖啡座，喝咖啡的人不乏当地的绅士帅哥。路边小店里意大利手工制品琳琅满目，意大利比萨居然可以像我们的大锅贴一样被切成五颜六色的方块形状……沿街巷走下去，十字路口一个著名的喷泉，便是《罗马假日》中奥黛丽·赫本和格力高里·派克牵手度假的地方。斯人已乘黄鹤去，喷泉依然溅玉飞珠，令人缅怀男女主人公浪漫生动的笑貌……

佛罗伦萨

佛罗伦萨是欧洲文化史上又一个瑰丽的梦。作为中世纪和文艺复兴时期繁荣的商业重镇和文化中心，这里的一切都充满了文艺复兴时代的永恒之美。

在充满艺术风情的狭小街巷里，你能看到米开朗琪罗曾经居住的房子，能看到但丁受洗的教堂，这里有建于 1563 年的艺术学院，有收藏了拉菲尔、达·芬奇等众多艺术大师杰作的 40 多个博物馆、美术馆和著名的艺术画廊，在 60 多座宫殿和大小教堂里还保存着数不胜数的艺术珍品和历史文物。

艺术与人性的光芒冲破中世纪的禁锢，不仅照亮了文艺复兴的整个时代，也启迪了近 500 年的欧洲发展史和今日的世界。在佛罗伦萨市政广场，那些闻名于世的雕塑被人们仔细地观赏和拍摄。凝视英姿勃发的米开朗琪罗的《大卫》（这是一座仿制品，据说真品存放在本地艺术学院），你得承认，他才是西方世界"男神"的鼻祖。

作为佛罗伦萨历史中心的一部分，圣母百花大教堂被列入世界文化遗产，是世界第三大教堂。1296 年动工时教堂本是哥特式风格，但 15 世纪初的文艺复兴运动和市民的荣誉感激发建筑师布鲁内勒斯基的雄心，他以超凡想象和工艺难度增加了高耸的红色圆顶。这圆顶被用来象征文艺复兴时代的来临，也引导了文艺复兴的发展方向。百年之后，米开朗琪罗在罗马圣彼得大教堂建了一座类似的大圆顶，却自叹不如："我可以建一个比它大的圆顶，却不可能比它更美。"

穿行于佛罗伦萨的街巷，商店橱窗设计充满灵感，散发着艺术气息。那些制作手工皮具的小店铺，则传承着意大利皮具的精髓。它们屏蔽现代世界的浮华，延续着源远流长的经典之风。

佛罗伦萨也是蒙娜丽莎生活和居住的地方。在达·芬奇的画笔下，蒙娜丽莎那迷人的微笑成为后人永远探寻的奥秘，而在佛罗伦萨深沉美丽的湖畔，我却在想象她行走的身影……

米　兰

从文艺复兴时代穿越回来，我们已置身于意大利的第二大城市米兰。现代的米兰是歌剧圣地和世界时尚之都。米兰时装周也一直被认为是世界时装设计和消费的"晴雨表"。它也是一座当之无愧的历史文化名城，珍藏了世界上4%的艺术瑰宝。

此刻我们流连在米兰大教堂那优美壮丽的白色建筑下，这是仅次于梵蒂冈教堂的世界第二大教堂，也是世界上最大的哥特式建筑，上面有着数不清的雕塑和尖塔。它是米兰的标志和精神的象征，也是世界建筑史和世界文明史上的奇迹。拿破仑曾在这里加冕，达·芬奇为这座建筑发明了电梯。上午的阳光照着摄影和瞻仰的游人们，巨大的阴影却使人无法拍下它美丽明亮的轮廓。

离开米兰大教堂，我们穿行在步行街上。……那穿着白袍的是乞讨者还是行为艺术家？我无法判断，只是叹服那意大利人即使流落街头也将自己变成这文化名城中的一景。在我们的身边，那些纯真活泼、边走边玩自拍的一群少女，那拎着购物袋、衣着清新明快的老人，那身穿灰色T血、品位十足的意大利小伙儿，那戴着头盔、弓身在电动摩托上的酷哥……米兰的传统文化与现代时尚体现在日常生活里，让你感叹这座城市决不流俗的素质。给我印象最深的是那些飞驰而去的自行车族——我不知道，米兰为什么有这么多人骑自行车？但从那潇洒帅气的背影中，你能感受到他们所受的教育……一个民族的自尊和自信，是不需要奔驰宝马来包装的。

经典而时尚，富于品味而又洋溢着生活气息，这传统与现代完美的结合，成就了永恒的意大利。

威尼斯

第一眼看到的威尼斯，并不是尽人皆知的狭如一线的水巷，而是那片宽广辽阔的水域：明亮、起伏，白云朵朵。远处的岸边，一座座宫殿式的美丽建筑如海市蜃楼，渐行渐近，从我们眼前逐一滑过……

坐在游艇上，任海风轻吹、看浪花激溅……耀眼的阳光下，一只只白色私人游艇在浪涛上起伏跌宕，俊男靓女竟如好莱坞大片里潇洒恣意、劈波斩浪的男女主角……这就是欧洲人的休闲生活？！

迎面驶来一只贡多拉，船上坐着六七个游人，船夫张开手臂纵情高歌……那姿态，像极了意大利歌剧中的男主人公。忽然间明白，那意大利歌剧为何源远流长？原来在民间，它竟是人人都可为之的！

登上码头，三个吉卜赛女人身着艳丽的衣裙向游人媚笑表演，导游叮嘱我们千万不要搭讪，这是一群乞丐和扒手。岸上的贸易市场上，一排排的网架挂满了异国风情的衣裙、帽子、阳伞和装饰品。路边休闲的餐馆和咖啡座边，木栅栏上缠绕着花朵绿藤。

港口深处有一座圣马可大教堂，建筑风格融合了拜占庭、古罗马、哥特和文艺复兴多种艺术。从外部看，五个拜占庭式大圆顶，参差错落着大大小小的尖塔，可说是完美璀璨、无与伦比地和谐。教堂前的广场上布满白色圆桌和红色咖啡椅，和平鸽在广场上觅食的景象颇为壮观。

　　从广场另一端的港口乘坐贡多拉小船，我们便行驶在威尼斯那著名而狭窄的街巷中了。古老的房屋伸手可触，墙基下，流水冲撞着青苔，别是一番情趣。小桥下远远地有小船驶来，两船相错，须紧贴墙壁才能各自通过……多么有趣的水城！

童话瑞士

大巴进入瑞士境内，公路两旁，湖水弥漫着雾气，雪山如梦如幻。碧草茵茵的山坡上散落着积木般多彩的小房子，映着如画的山水，真真是童话中的世界！

在一路美景中进入因特拉肯，窗下闪过一片片大花圃……天！那优雅的颜色是怎么搭配出来的！你不能不感慨，一个民族的文明在现实生活中的体现。

好开心，我们就在这里下了车。走在那些赏心悦目的花圃间，粉、白、黄、紫……一朵朵缤纷的郁金香顶着细细的雨珠，游人们手里的摄影机"咔嗒咔嗒"响个不停。

才下过小雨，洁净的路面湿漉漉的。远处的少女峰云雾缭绕，无边的大草坪静静地铺展在山脚下，因特拉肯是一个不染纤尘的世界。尖顶的教堂、生满绿苔的古树、雾气中的房屋、精美的店铺和标志简洁的公交小站台……让我们这些不速之客好生羡慕，无不嫉妒生活在这个如画般的小镇上的人们。

可惜只不过半个时辰我们便离开了这里，又身在瑞士首府卢塞恩

（琉森）了！在这个只有 8 万人的小城中漫步，沿途都是钟表店，它们向世人证明瑞士制表工艺无愧于全球的盛名。卢塞恩是一个度假胜地，每年夏季，著名的琉森音乐节都吸引着来自世界各地的人们……卢塞恩湖以宁静秀美的山水洗濯人的身心，银色的雪山使你足以忘记身外的世界。沿湖而去，宽阔的林荫道上有一张张长椅，一群群天鹅在湖水中悠游嬉戏……

瑞士就是这样得唯美纯净，仿如世外仙源……远离了都市喧嚣的这个小小国家，是人类想象力所能企及的最宜居的地方。

寻梦巴黎

自由之都

凯旋门离开瑞士小镇进入法国境内，窗外田野上那童话般的小房子渐渐变得色彩单一，不再给人惊喜。大巴内，导游正在讲述法国大革命，使他豪情激荡的拿破仑也是我崇拜的英雄。

此刻，站在巴黎凯旋门对面的桥上，在细雨霏霏中凝视自由飘荡的红白蓝三色旗……我的心空也如同飘入了历史的风雨，湿漉漉地感动。拿破仑虽然失败了，但法国大革命的《人权宣言》和拿破仑颁布的《民法典》，却结束了法国一千多年的封建专制，作为最彻底的资产阶级大革命，在世界历史上产生了深远影响。

埃菲尔铁塔　　在巴黎的任何地方，你似乎都可以眺望到埃菲尔铁塔。这座得名于它的设计者古斯塔夫·埃菲尔的城市地标、世界著名建筑，时而在绿树掩映中，时而在塞纳河的阳光下，时而在华灯照亮的夜空里……映入你的眼帘，而在战神广场，我们在埃菲尔铁塔前拍下的这张合影，却让人想起在巴黎的那些美好时光，那霏霏细雨中洋溢的浪漫情谊。

文化之都

乘坐塞纳河上的游艇观看巴黎，一座座历史悠久的壮丽宫殿与建筑从你的眼底滑过：罗浮宫、凯旋门、大小王宫、巴黎圣母院，埃菲尔铁塔……那些耳熟能详的名字隐约在两岸的雾霭中，恍惚中好像来赴一场历史的盛会。司汤达、雨果、巴尔扎克、罗曼·罗兰、梅里美、大小仲马、莫泊桑……这些用他们的巨著哺育了人类灵魂的伟大作家似乎仍行走在塞纳河两岸，或在咖啡馆里争鸣辩论……一阵欢呼声传来，游艇正穿过桥洞，游客们挥舞着帽子，太阳骤然钻出云层……一组古代骑士雕塑从桥头堡上一掠而过。

在世界艺术宝库卢浮宫里，我们终于近距离地看到了那 2200 多件 14—16 世纪的名家画作和雕塑作品……在众多的参观者中你无法细细观赏，那些早已为人熟悉的雕塑和画作前更是围满了瞻仰的人群。尤其是蒙娜丽莎的画像前，高举着相机的手臂前赴后继，让你无法靠近！但在那高大明亮的窗下，美术学院的女学生们却能屏息画着她们的素描。这是一群天之骄子，每日沐浴在这举世闻名的艺术殿堂中临摹学习大师的作品，真真好福气！

浪漫之都

巴黎是浪漫之都，这浪漫是漾在人的心底，随处可见的。街心公园富于想象的绿植造型，路边草坪上盛开的野花……一串串铃铛似的喇叭花，素白的，摇曳在五彩缤纷中，是多情的美！

巴黎圣母院前，游人争相摄影留念。雨果的浪漫主义巨著《巴黎圣母院》名闻遐迩，吉卜赛少女爱斯美拉达与敲钟人卡西莫多的爱情故事使这座教堂成为世界各国男女朝拜的圣地。

离巴黎圣母院不远处，一座铁桥上挂满了连心锁，那是现代恋人们在这浪漫之都留下的足迹。我把手机镜头对准那沉甸甸的铁桥：夕阳西下，绿树葱茏的铁桥被镶上了金边，一对优雅的中年人倚在栏杆上，为我注解了最浪漫的巴黎印象（在我们离开巴黎 2 年后，这些连心锁被市政府尽数除去，因为它们太过沉重，已经危及了铁桥的安全）。

时尚之都

读过巴尔扎克的《人间喜剧》便窥见 19 世纪巴黎的上流社会，巴黎的繁华与时尚，不自今日始。香榭丽舍大道、艳舞的红磨坊……从我们的大巴前一一闪过，街道两旁巨幅广告和橱窗里延伸出来的花树也让人惊叹现代设计者非凡的想象力。

巴黎的街道两旁到处是咖啡店和小吃店，啤酒也是人们的最爱。在等餐的间隙里我观察身边的巴黎女人，她们的面部线条十分精致，不像德国女人那般硬朗；她们的性情也不像美国女人那样豪爽开放。巴黎女人的优雅是在细节里的，服装的配色、发式的柔和悦目以及举手投足间的韵味。送餐的女服务员来到面前，让我大吃一惊：那熟悉的面部轮廓怎么竟好像是香奈儿再世？……

巴黎的街道是陈旧的，经历了几百年的时尚之都早已不再青春靓丽。但我很惊讶，这车水马龙、街道并不宽阔的国际大都市，车辆为何不像北京那样拥堵？据导游介绍，巴黎的街道是呈放射线分布的，车辆随时可以从拥堵中转出来，驶进人少的小街，比起我们横平竖直的大马路，真是方便太多了！我还有疑问：这么窄的街道，若下水道翻修，交通岂不要瘫痪？导游笑说，巴黎的下水管道有一人那么高，根本用不着挖开路面来翻修。他又讲了一个细节，更是令全车人瞠目结舌：原来巴黎的下水道里养着四十多万只老鼠，以对付每日产生的油腻！这个数目是一个恰到好处的吞食量，不至于对城市造成危害。曜，这些充满巧思的规划设计诞生于 100 年前，可见巴黎人对城市建造的精心、智慧和远见！

在贝加尔湖畔

首都机场2号航站楼6号门，7：15准时到达。旅行团一行4人，专职导游，VIP待遇！

伊尔库茨克

3小时后，飞机已经翱翔在伊尔库茨克上空。从窗口向下俯瞰，黑色的山峦上只能看见少许斑驳的积雪……我们可是奔着冰天雪地来的哦！

商务车载着我们和中俄两位导游穿城而过，一路上只见旧房、残雪。有一些看上去很熟悉的红砖楼——那不是我们儿时部队大院的家属楼吗？朴素的红砖楼是革命政权最初的颜色，在中苏友好的20世纪五六十年代，连我们的住宅都是模仿苏联建造的。远处城堡式的旧建筑应该是沙俄时期的风格，它们和郊外彩色尖顶的小房屋一起，构成了俄罗斯独特的民族色彩。和我们中国内地的城市一样，在这座小城里也到处可见火柴匣子式的毫无特色的新建筑，俄罗斯也正处于经济发展的初期阶段。

　　我们居住的宾馆正是这样一座缺乏设计感的高层大楼。但是拉开房间的窗帘，我们却蓦然呆住……层层树影、皑皑白雪就在眼底，远处是无垠的碧波和闪烁的朝阳……这才是真正俄罗斯的美景！在北京，如果宾馆的窗外有这样一片美色，那得是总统套房了吧？初来乍到，俄罗斯便如此慷慨地迎接了我们。我急忙拿出摄影机……好遗憾！逆光中竟无法留下眼中摄人心魄的美，只得在下午时分，拍下些缺少阳光的图片。哈，有点像中国的水墨画。

　　伊尔库茨克属于东西伯利亚。俄罗斯女导游告诉我们，二战时德国军队入侵，为了灭绝俄罗斯，杀害了大批儿童。今天伊尔库茨克虽然只有 60 万人口，但在俄罗斯却已是大城市了。漫步在二战广场，我们看到许多鲜花，那是今天的俄罗斯人对烈士的纪念。

　　伊尔库茨克市政府大楼就像小号的人民大会堂，原来人民大会堂的建筑风格也是对苏联的模仿！那么长安街两旁那些雄伟高大的建筑呢？显然也都留下了苏联专家指导的痕迹。它们太不同于紫禁城了！

　　夜晚飘了新雪，天地间一片清新。走在白桦林中，听见"咯吱咯吱"的踏雪声。长椅上坐着一对情侣，他们让我们领略了什么是北国爱情。

　　时光已经来到 1915 的新年之后，伊尔库茨克还沉浸在圣诞的气氛中。在市中心广场，人们聚集在巨大的圣诞树下，似乎只是为了延长这一年一度的欢乐。麋鹿、矮马、骆驼、冰雕……是孩子们的最爱，松林、白雪中教堂的尖顶却是我眼中的童话。各种各样的节日装饰纯洁和谐、美如仙境……卢布尽管贬值，俄罗斯人的审美却并未逊色。

林中小木屋

汽车开得好快！真是惊叹当地司机雪地驾驶的技术。小路两边，一片片的白桦林扑闪而来，密林中是深深的积雪。我忽然想起，为何我们从万米高空中看不到白雪，原来它们都被遮挡在灰黑色的树枝下了！浓密的白桦树和叫不出名的松树高大挺拔，映着蔚蓝的天空，怪不得当地有那么多木质房屋，原来伊尔库茨克有着如此丰富的森林资源。

我们游览的民俗博物馆其实就是从拆迁中移过来的小木屋群。这些小木屋风格各异，有着各种各样的故事。有的来自教会的孤儿院，它们的宿舍和教室陈设还保留着内部的原貌；有的是铁匠屋，里面还有原来的铸造设备；有的是城堡，有的是教堂，还有的是童话中白雪公主和巫婆居住的地方！……我们走进小木屋，荣幸地和"白雪公主"、大鼻子巫婆合了影。

走在白雪皑皑的山坡上，阳光照耀着小木屋，形状各异的房檐上闪着金色的光彩。山坡尽头，忽然出现一段冰雪掩映的河流，在蓝天下静静流去……举着手机、相机的我们，迷失在安吉拉河畔的美色里，脸和手已被冻得失去了知觉……

做客俄罗斯人家

导游将午餐安排在当地居民的温暖的家里，我们有了近距离接触俄罗斯人的机会。

这是一套居民楼里的两居室，主人是个60多岁的俄罗斯妇女。房子不大，却布置得温馨热情。书籍、画像、钢琴、工艺品、圣诞花束分别装饰着每个房间，其用心程度就像房东太太精致的妆容。用 Smoke 的话说："她可真能捯饬……"必须承认，这位孙子都已 16 岁的老太太依然是个唇红肤白的俄罗斯大美人对生活充满了热爱。

我们围坐在餐桌边，她的孙子（那是个身高近两米的俄罗斯帅小伙，在生人面前却很腼腆）端上来餐品和自酿的葡萄酒。酒有一股清香的杏仁味道，很好喝。第一次吃俄餐，感觉虽不如法餐精致，但量很大，和西餐一样先是汤，后是主食，一道道的上来，基本上都不浪费。汤和甜点都很好吃。席间 Smoke 向老妇人学厨艺，还溜进厨房，跟她一起操作。闲聊中我们得知，老妇人的女儿居然是学中文的。

告别老妇人和他帅气的孙子离开这温暖的民居，我们心中装满了俄罗斯人的盛情。

宗教信仰与十二月党人之墓

在俄罗斯，80% 的人信奉东正教。不大的城市里，处处可见风格各异的教堂。傍晚时分，钟声错落响起，宛如乐音。站在钟楼上，看见雪地上过路的妇女停下脚步，面向教堂虔诚祈祷，心中竟有些感动。

东正教与基督教、天主教都以圣经为经典。在伊尔库茨克最美的教堂里，前来祈祷的俄罗斯人虔诚、安静，偶尔讲话也基本不发出声音。站在圣像下，你会感到灵魂的升华。西方宗教与西方文化一样，有一种崇高感，这正是它吸引我的地方。

新圣女修道院内完好地保存着十二月党人的墓地与墓碑，其中一大一小，是一位母亲和她的婴儿。19 世纪，一批贵族青年和艺术家在留学和征战中接触到西方文明，他们发动起义反抗沙皇专制，要求解放农奴。起义失败后，他们被流放和监禁到西伯利亚。令人唏嘘的是他们那美丽高贵的妻子，放弃优越生活和贵族特权，来到寒冷的西伯利亚与丈夫相聚，陪伴他们度过艰难岁月。一些人在最美丽的年华长眠于此。一位年仅 21 岁的美丽少妇写信给丈夫："你的泪水和微笑，我都有权分享一半。把我的那一份给我吧，我是你的妻。"站在他们的墓前，听导游讲述十二月党人的事迹，触动了我对俄罗斯文学的记忆。衣食足而知荣辱，能为理想献身才是真正的贵族精神。我祈祷烈士们长眠。

在伊尔库茨克，能感受到宗教信仰、贵族精神与文化气质对俄罗斯人的影响。

在贝加尔湖畔

19 世纪，这里是沙俄流放犯人的地方，如今的贝加尔湖畔却成了人们梦想的旅游胜地。湖边有一些漂亮的小房子，那是宾馆、餐馆和袖珍超市……冬天是旅游淡季，湖边的公路上，偶尔有汽车经过。

站在岸边一眼望去，深深的贝加尔湖如大海般起伏动荡，它让我想起那些流逝的岁月，想起俄罗斯文学巨匠托尔斯泰、普希金与被流放的十二月党人的情谊……

湖畔的石头和木头上结着厚厚的冰凌，如果有游人想拍些寒冬的照片，那倒是不错的背景。

由李健作曲，李维、周深演唱的那首《贝加尔湖畔》大约是很多人来到贝加尔湖畔的理由："……多少年以后，往事随云走，那融化的冰雪，容不下那温柔……"相信很多人都会被这唯美的爱情打动，只不过有人选择了春暖花开的季节来追梦，而我却想看到它冰雪的深情。此时此刻，贝加尔湖是如此的宽广纯净，晶莹洁白剔透。

坐在湖边的小餐厅里，阳光暖暖地洒在身上，那是一种忘却时间的幸福。小木桌上是俄罗斯美食和红菜汤，窗外就是一望无际的贝加尔湖……能够如此安静地享用时光，真是生命的快意。

……

在蓝蓝的天空下，在皑皑的山坡上，尽情呼吸，逆光而行……来到贝加尔湖滑雪场，踩着滑雪板的年轻人不时从身边飞驰而过，满眼的白雪和松树，阳光如万根金针在松枝间闪烁。

很想更清楚地看看贝加尔湖，但总是有松枝挡在眼前。遥遥相望，贝加尔湖风姿绰约。俄罗斯的青年男女们伏在栏杆上，也在逆光中向湖上眺望一

歌声恍惚在耳边响起：

"……多想某一天，往事又重现，你清澈又神秘，像贝加尔湖畔……"

"清澈又神秘"，对于贝加尔湖来说，真是神来之笔。

列娜一家

自由活动的这天，我们登上了贝加尔湖的游艇。

小小的舱内，弥漫着家庭气息。一些当地游人坐在小桌边喝着咖啡，一个女人在独自品尝俄式薄饼。我也从吧台买了份薄饼和咖啡……嗯，蘸着草莓酱的薄饼真是太好吃了！

喝完咖啡，我和 Smoke 一起走到舱外。

太阳躲在云层里，只留下一条乌金般的云带。贝加尔湖波涛深沉，宛如大海。在博物馆参观时我们已知道，它是这个世界上最大的淡水湖，拥有全世界 20% 的淡水存储量。湖水深处常年保持着 28 度以上的水温，因此水下也同样有着美丽的热带鱼。不过此时此刻我们在船舷边拍照，却只能留下贝加尔湖萧瑟的模样。不一会儿手脸都冻僵了，我们只好逃回舱内。

天太冷，甲板上的人都下来了，舱内很是拥挤。我们和一对母女挤在同一张小桌前。女儿是个大眼睛的俄罗斯小姑娘，征得她妈妈的同意，我用手机给她拍了张照片。小女孩非常配合，给了我一个灿烂的微笑。她妈妈见我握着暖手宝，好奇地询问，我把暖手宝放在她手掌里，她却拿到鼻子下闻了又闻，大概以为那是香料。我笑着摇头说"NO"，她也笑了。然后她拿出手机，让我们看一些她亲手缝制的动物玩偶图片。我惊讶于她的各种创意，伸出大拇指由衷地赞赏。她十分高兴，用手机给我和 Smoke 拍了张照片。Smoke 悄悄告诉我，她用的是中国的联想手机。

不一会儿，女孩的爸爸从舱外拍照片回来，听了妻子的介绍，他用相机为我们大家拍了张合影，我们用蓝牙互相传了这些照片。下船时，女孩儿的妈妈仍然拉着我的手，告诉我她叫列娜，她女儿叫卡娃，她丈夫叫……（我没有听清楚），她还问了我和 Smoke 的名字。分手时她丈夫在岸边又为我们拍了一张合影照。

暮色中，我们目送列娜一家的小汽车远去，而后回到湖边的灯塔宾馆。

在静谧的夜晚，我用手机记录下了列娜一家的故事。

告　别

离开贝加尔湖的那天，导游带着我们在商场里体验了俄罗斯廉价的购物。

卢布贬值，又逢年终打折，我们在 ecc。专卖店，用 3000 元买了 6 双鞋，而在国内的专卖店，这只是一双 ecc。短靴的价格！

飞机再次盘旋在贝加尔湖的上空，那斑驳的群山和淡蓝的湖水，曾以最清新的空气洗涤了我们的肺腑，几小时后，我们又将飞进北京那灰蒙蒙的雾霾中……

英伦印象

夜色阑珊

才刚下午 6 点，夜幕就已笼罩了伦敦。坐在大巴车里穿城而过，只能从灯影里匆匆一瞥：见那两旁不甚高的楼房，虽年代久远，却仍精致时尚，大玻璃窗里，咖啡店座无虚席，在这周六的晚上，挤满了伦敦客。

走过剑桥

世界顶尖的大学是什么样子？这是来英国必去剑桥的理由。大巴进入校区，远远地，看见几个衣着整洁的英国青年在球场上打橄榄球，毫不夸张地说，那份贵族气质在中、韩电影里你是无论如何也见不到的。

诞生了 89 位诺贝尔奖得主、培养了一批著名政治家的剑桥大学，成立于 1209 年，包含 35 个风格各异的学院。那些庄重坚固的教学楼在古树的掩映中，都有着几百年的历史。其中一些建筑上还有精美的雕刻。

　　教学楼下的枯藤边，一个女学生坐在长椅上闭着眼睛晒太阳，我们这群旅游者乌泱泱地走过去，她竟像毫无知觉。那份阳光下的宁静，让人好生羡慕！

　　剑桥校园里有时尚的小街，金发白肤的女学生穿着黑大衣、戴着耳机与我们擦肩而过，这里毫无市井气息。还有精美的教堂，信仰基督教的学生们在座椅间礼拜，那份心无旁骛的虔诚让我们这些不速之客不得不放轻脚步。

　　来到中国人都知晓的康桥，附近的一块石头上，亥情中国诗人徐志摩那著名的诗句：

　　轻轻地我走了，

　　正如我轻轻地来；

　　我轻轻地招手，

　　作别西天的云彩。

　　那河畔的金柳，

　　是夕阳中的新娘，

　　波光里的艳影，

　　在我的心头荡漾。

　　……

　　但我不能放歌，

悄悄是别离的笙箫;

夏虫也为我沉默,

沉默是今晚的康桥!

……

站在诗人徜徉过的地方,无须我再笨拙地描绘康桥美景。只叹息金柳依然,斯人已去,代代追梦者前赴后继。来时在飞机上见一女孩用 iPad 痴迷地看《何以笙箫默》,这部剧近日好火。为何?"悄悄是别离的笙箫",这标题是借用了《再别康桥》的诗意。

20 世纪 30 年代,诗人徐志摩在剑桥只是个无名的中国穷学生,现在他却成为剑桥大学旅游的亮点之一。

……剑桥校园里到处可见中国旅游者。一身生意人气息的台湾导游自豪地说,中国人很会做生意,他们在剑桥校园里买房子,再转租给学生,从中可以赚到一大笔钱。……过去剑桥大学门第森严,现在却对中国敞开大门,只要付出高昂的学费,你就能读剑桥……台湾导游好爱国!而富可敌国的大英帝国已经风光不再。

剑桥,你将往何处去?

在温德米尔湖区

温德米尔湖是英国著名的度假胜地。每年夏季,湖上都布满游艇,沿岸小山坡的宾馆别墅住满来自世界各地的游人。即使在这旅游的淡季,湖边彩色小屋的玻璃窗内,也总有游人悠闲地品着咖啡看湖景。

在这里，你可以近距离地体会人与自然的和谐，而在我专注拍摄的时候，一只白鸽便放肆地落在了我的头上……呔，还真不拿自己当外人儿！

吸引人的不仅仅是温德米尔湖美丽的自然风光，还有那与之相匹配的房屋和小别墅，它们散落在道路两旁，自然而然地成了温德米尔湖的一部分。我惊艳于设计者们独特的创意，它们非常吻合所在的环境，几乎没有任何两幢房屋是重样的。它也从另一个角度证明，在发达国家，人们对自然的理解与尊重。

莎翁故居

1564 年，大文豪莎士比亚出生于英国雅芳河畔的斯特拉特福小镇。当大巴经过这里的时候，经请示导游，我们获得片刻驻足，每人花 15 磅走进去，拍下一些珍贵的图片。

穿过陈列展品的过道，是一个精致的小花园。莎翁故居的门前，站着 16 世纪女仆装束的女工作人员，天蓝色的长裙、荷叶边的布帽如同穿越。

房间里光线昏暗，壁炉的光映着莎翁用过的靠背椅、小圆桌以及桌上的书和鹅毛笔，让人进入莎翁当年冥思写作的场景……隔壁是家庭成员用餐的地方，长桌上依照当年摆着西式餐具。沿楼梯走上去，二楼的侧旁是莎士比亚的父亲制作并出售皮革制品的作坊，另一边有一个小房间是莎士比亚出生的卧室。

穿堂里摆着许多世界名人照片和赠物，他们都在这里留下了足迹，其中有我们熟知的戴安娜王妃。

哈利·波特与魔法学院在英国，一所有着百年历史的学院算不了什么，像牛津大学，已经有上千年的历史。在这些古老的大学里，沧桑的古树、森森的古堡与老房屋总像在讲述着它们奇特的故事。《哈利·波特》的作者，正是在牛津的一所学院里构思了他的小说和电影中的魔法学院……

此刻，我们正站在《哈利·波特》诞生的地方。眼前是一幢长长的教学楼，它的前方，一片枝丫横生的古树林被雾霭笼罩着……站在那里，你会不由自主浮想联翩，直到一只乌鸦惊起，消失在黄昏的天空中。从小巷走出来的时候，身边走过一男一女两位颇有修养的老者，他们像是下课后离校的教授。但他们打量我们这些游客的表情，也让我感到外部世界的不真实……

曼彻斯特主场馆

对于一个足球迷来说，曼彻斯特是一个激动人心的地方，因为这里有曼彻斯特联队的主场馆，诞生了英超联赛最具代表性的队伍，镌刻着一代足球名将贝克汉姆、鲁尼们征战沙场的记忆。但对于像我这样的旅游者，它只是英国的第二大城市，工业重镇。

没有赛事的此时，场馆外面空旷而寂静。穿过场馆，走进旁边的一个入口，门扉处是球星们身穿球衣、雄姿英发的巨幅合影，室内陈列足以点燃球迷们追星的热情。在这里，你可以买到曼联球星们全副装备的复制品。

温莎城堡

对温莎城堡的兴趣源于那位不爱江山爱美人的爱德华一世。而今，这里乃是女王每年举办国事活动和私人娱乐的地方，它是世界上有人居住的最大的城堡。

温莎城堡的气质是阴郁、古老、陈旧的，它经历了太多世纪的风雨。在这里，你能看到国王和女王的餐厅、画室、舞厅、客厅……它们庄严富丽，极具帝国风范。你也能看到蓝白色调、优雅高贵的觐见厅，它会让觐见者感受到大英由来的骄傲。你还能在滑铁卢厅看到英国总将的肖像和拿破仑的帽子、披风—据说英国贵夫人中也有不少拿破仑的"粉丝"，我很好奇，看到这件在滑铁卢战役中被缴获的战利品，她们心中又做何想？

在这森严的古堡里，有一件特殊的展品，那就是玛丽王后的娃娃屋。这是玛丽王后生日时她女儿赠送的礼物。没想到英王室的王后竟也与普通女孩子们一样有着一般无二的喜爱，只是这间超大型娃娃屋，是由众多艺术家共同完成的作品。它复制了王室的餐厅、卧室、客厅、起居室等，内饰精致到沙发、窗帘、宫女和仆人。从这件作品中能窥见王室生活的缩影。

大英博物馆

在大不列颠最强盛时期，英殖民主义者拥有全世界 1/4 的国土和 1⁻3 的财富。行走在大英博物馆珍宝之间，你能更真实地感受到来自殖民者的掠夺。这里有埃及的木乃伊（其中一具的裹尸布上画着美女图案，标示出主人高贵的身份），有韩国古老的房屋和服饰，有印度白情侣铜雕，更有中国古代的书画、饰品、睡枕和最早的皇冠……（甚至还有中国中医研究院广安门医院的中药和处方）

据说埃及为了追还国宝，已经与英国斡旋了 50 年，英政府不为所动。此刻，当我在中国馆拍摄下这些原本属于我们的珍贵宝物时，心里同样有着阵阵隐痛……假如你看过圆明园被焚烧的那个纪录片，你的痛便会加倍地深！

英式乡村

英国乡村给人的印象是优雅的。一种叫不出名的老树如云彩般耸立在山坡上，就像我们曾经见到过的英国乡村的油画。属于农场主的大片坡地用青苔色的木栅栏分隔开来，像园林一样被精心呵护。远处时而可见现代化的风力发电，又有大海隐约在地平线上。

除了真正的农民外，英国许多富有的名流绅士也在乡村购房置地，过着远离嘈杂的田园生活。

海航七日

海洋水手号

登上皇家加勒比——海洋水手号的这天，正是中国的中秋节，随后又是国庆节。这算是对自己和家人的犒劳吧？

在船上，我们找到了自己的新家：7610 号。

柔软的大床、沙发，洁净的盥洗室……就像宾馆一样舒适。最重要的是，它有一个小阳台，面朝大海，可以让你肆无忌惮地饱览海上风光。海风吹拂着洁白的窗帘，即使躺在床上，你也能嗅到那清新流畅的海上空气。

至于船上的奢华程度，我无法拿它来比泰坦尼克号，因为我没有见过那艘传说中的豪艇。但作为世界前十位的海上巨无霸，海洋水手号的奢华与现代，已经让我大开眼界了。

如果你有心，你可以翻阅一下这小小的日记，与我们共享这难得的海上旅程。

海洋水手号共有15层，船上有众多的餐厅、酒吧、咖啡馆、小吃店，还有阅览室、游戏厅、赌场、舞场、健身房、剧场、影院、美容中心、艺术品拍卖会……甚至还有皇家大道购物街和圣光教堂。总之只有你想不到的，没有你享受不到的。

上船当天的下午来了一场救生演习，数千乘客集中在三楼甲板上就用了40多分钟！抬头看，脑袋顶上悬着十几只巨大的救生艇，我很好奇救生员将对大家做怎样的培训？却不料刚看见他穿好救生衣，指挥员就宣布"演习结束！"……前后只用了一分钟，就为了教我们穿件衣服？！ Smoke 却说，老外就是这么"认真"。

OK，没留过学的我这次领教了！

海上生活

美美地睡了一个午觉。

听见房卡开锁的声音，是 Smoke 打篮球回来了。

"快快，起来起来！到上面活动活动……"他兴奋不已，"想象一下，呼吸着干净的空气，吹着咸腥的海风，在弹软的橡胶地板上，唰！……"他一边小抒情，一边做了个投篮的动作。

"不打了？"

"回来叫你啊！……你攀岩去吧，人家老太太都爬上去了，全程哦！"他进了洗手间。

老太太？在他眼里40岁以上的女人都算是老太太！但他显然忽略了我的年纪。为了他心目中青春不老的妈，我得活出个年轻到死的样儿来。

露台上果然风和日丽。泳池蓝得养眼，温泉里"花朵"盛开（那是穿着泳装的儿童）。溜冰场、高尔夫球场上也到处都是欢乐的孩子们。只有室外攀岩、篮球场才是成人的天地。

甲板上到处是拍照的人。太阳不时钻出厚厚的云层抛一个媚眼，镜头下的人便笑得阳光灿烂。

走下旋转楼梯，拿一杯冰牛奶躺到沙滩椅上，大屏幕上正在播放美国大片《明日边缘》。

……小风吹拂，带来点点雨丝，像花洒一般，瞬间就消失了。

当电影定格在汤姆·克鲁斯那热情又帅气的笑脸上，我兴犹未尽地站起来，去找 Smoke。

篮球场上已不见了他人影，难不成，他也和"老太太"们一起攀岩去了？……

美　食

好喜欢在"帆船自助餐厅"用早餐。那里不仅有上百种美食，更醉人的是可以在 11 层的高度，眺望远方的地平线，边享用美食边体验身在海上的漂浮感和幸福感。

在 5 层的"音乐之声餐厅"，浪漫且正式的用餐氛围就提醒你要检点一下了！因为这是一个更接近"上流生活"的体验。在这里你只能点三道菜，当然，也是免费的。不用担心你会吃不饱，在船上的任何时间，都有不同的免费餐厅供你享用。

也有付费的餐厅，比如"牛排馆"，那是比"音乐之声餐厅"更奢华的享受。我们在这里点了暖羊芝士色拉、森林野菇汤、鸡尾大虾和菲利牛排。还是让 Smoke 来形容下这里的牛排吧："……这才是真正能用舌头舔化的牛肉……第一口靠近表皮的焦香味，第二口后只需用舌头来搅和，然后血的味道越来越浓厚，感觉离原始人越来越近了！……"我不是肉食爱好者，无法理解这种快感。

但是船上的意大利餐厅却颠覆了我对意大利美食的印象，它居然可以像法餐一样精致可口。羊排扇贝自不必说，只是那简简单单的奶酪煮饭，原本只是品尝一下，但浓香诱人的味道却让人"再也停不下来！"……

还有 chopsgrille 烧烤餐厅、尊尼火箭餐厅（美式）、礼帽和燕尾服餐厅、蓝色狂想曲餐厅以及各种小吃店在等着我们去品尝，你突然发现，假期实在是太短暂！……

长　崎

下午 1:30，邮轮停靠在长崎港口。

与日本广岛一样，长崎也是一个被原子弹摧残过的城市。这里曾经寸草不生，但现在的长崎，已是树木葱茏。据说人们曾将螃蟹壳敲碎了与泥土混合，彻底改变了土质。

在和平公园，处处都能感受到呼唤和平的声音：对死难者的祭奠、散发着人性美的雕塑和喷泉。而对于那个由三种宗教合成的大神雕塑，关于他的手势，有两种注解——

日本人：原子弹从天而降，这样的灾难再也不能发生了！

中国人：小日本赶紧打住，不然天打雷劈！

作为第一次来到日本的观光客，长崎给我的印象并不是洁净的街道和本地特色的房子，而是温柔清秀的日本女人。

刚一进入海关，远远地就看见女工作人员殷勤的笑容，完全不像印象中海关官员一贯的严肃。检查完证件后更是一迭连声的客气和笑容。

中华街门前的小桥上，一个日本女人迈着小步款款走来，她衣着整洁，面容白皙，50来岁的人，却没有我们国内中老年妇女饱经沧桑的粗糙。

然后是我们的导游。她性格活泼，声音甜美可爱，脸颊泛着桃色，皮肤洁净得近乎透明。她有20来岁吧？本以为是会讲汉语的日本人，听她自我介绍才知道她来自中国湖南，已经30岁了！她在日本生活了10年，不用说也差不多已本土化了。

导游告诉我们，日本女人大多数是不工作的，她们把全职太太看成一种职业。每天早晨，精心地化好妆、扑上腮红，温柔可爱地叫丈夫起床、吃早餐，她们不想让丈夫看到自己邋遢的样子。丈夫上班后，她们就去购物、去美容院……总是把自己打扮得洁净可爱。家庭主妇是没有工资的，但当她的丈夫到60岁退休时，她们也可以领取到同样数目的退休金，所以日本家庭主妇的生活也是有保障的。

而日本的男人就非常辛苦，据说每天晚上11点以前回家就不算好男人。据说不少日本男人愿意下辈子托生为女人。

呵呵，生为女人，竟可以活得这般美好

福　冈

早晨 8:30 邮轮在福冈靠岸。

福冈总面积占日本国土的 1/3，在历史上具有重要的地位。其中的太宰府曾是九州地区政治、经济、外交中心，但历经战乱，逐渐衰败。

我们上岸游览购物，走在修缮过的太宰府街道上。手机里拍下的店铺居然有中国元明朝市井生活的影子！不久前从网络上看到一个中国汉服旅行团，其中的人物摄影放到这个环境里倒是合适。可见在民族文化的传承中，建筑是最直观的，而日本在复古细节上真可谓用心！

如今的福冈已是繁华的现代化大都市，气候宜人，是连续十年名列世界第八位的最宜居城市，但却没有东京的拥堵。大巴一路前行，听导游介绍日本的高科技如何用于国民生活，颇有感触。

日本政府对外嚣张，但对自己国民的保护重视却不输给美国。在日本，最有钱的除了少数大公司巨头外，居然是退休的老年人！高额的退休金不仅提供给他们日常生活、轻松旅游，还使老人能享受丰富的高科技保健品，用于健康长寿。日本的医疗科技世界领先，这也是中国游客热衷于抢购其酵素、血清、步行王（一种关节保健品）……的理由。

日本出生率下降，儿童健康自然受到更多的重视。不仅国家给予每个儿童高额补贴，学校教育也包括了均衡营养，要求每个孩子每天摄取 30 种以上的食物。不仅是饮食，就连学生的书包都是防震防水逃生的高科技产品，由国家统一发放。

日本妇女不像韩国女人那么热衷于外科整容，她们更重视皮肤由内到外的清洁保健，不仅护肤补水用品多采用天然植物，像玻尿酸、肉毒素这些美容注射用品在日本都有口服片剂。……在现代化大商场里，我们看到的服装也都不是什么国际大品牌，而是舒适柔软的本地棉麻织物……

当我们的官员沉迷腐败，当我们的土豪们在国外炫富，当我们的公司忙于造假，当我们的游客疯狂抢购国际大牌奢侈品，来包装自己粗糙的体肤和灵魂时，小日本都在干什么？！……很值得我们深思。

济州岛

凌晨，邮轮在济州岛靠岸前感觉到了一点颠簸。下船后坐在大巴上，看见雨水顺着窗玻璃淌下来。……导游说，今天早上刚发布了强台风预报，除了我们这艘邮轮以外，其他轮船都没能进入港口，现在还漂浮在海上。

我担心这究竟是幸还是不幸？旁边的 Smoke 却大呼："爽！刺激！"还真是灾难片看多了，如此激情满怀，就不怕被台风卷走？！

一直在韩国电视剧里看到济州岛，今日登上岛来，发现不过是卡通小岛一个。不要说比不上马尔代夫，任何一个我去过的岛恐怕都比这儿好。唯一的亮点是原住民村，韩国政府千方百计保护他们的生活，希望作为珍贵遗迹能世代传承下去。看来也是心情浮躁，旅游团来多了哪能不受影响？除了解说员和一堆被弃置的坛坛罐罐，我就没看见一个原住民。但毕竟风停雨住了，可以和一堆坛坛罐罐合影留念。

导游带领我们来的主要目的恐怕是购物。岛上又没什么特产，能吸引中国游客的，只能是韩国的化妆品！

于是在岛上出现了一个免税店，它就像是一个大仓库，没有任何设计和陈列，一组组商品码成造型堆在地上，都是韩国货，且标价不菲。说好的便宜到爆的韩国化妆品呢？……导游催着大家抓紧时间，于是我不再犹豫，愿意相信"一分价钱一分货"。

在停车场等候的时间，我在一家小店无意看到一个洗发露的标价，同样的品牌免税店卖 118 元，这里才卖 59 元！（后来知道国内才卖 79 元）呜呼，看看大家手里大包小包的购物袋，上面明明确确写着"外国人购买的韩国产品"，原来我们都被当成"外国人"宰了！

上船的时候又下起雨来。游客们在港口排队领取购买的欧美国际大牌商品，队伍越来越长，雨越下越大，邮轮上的"贵宾"此刻都像难民，拥挤着、抱怨着……我看见 Smoke 头发一缕缕贴在脑门上，哈哈，已毫无帅气可言！

回到房间一照镜子，也把自己吓了一跳！Smoke 嘲笑道："看看你自己吧，简直就像一碗方便面倒扣在头上！……"

这场狼狈直到我们冲了澡，睡了个午觉，站在小阳台上远望济州岛消失得无影无踪，才渐渐缓过劲儿来。

皇家大道购物街与萨沃伊大剧院

今天是在邮轮上的最后一天了，午后小憩一会儿，去逛逛皇家大道——

皇家大道购物街在邮轮的第五层，沿旋梯走下去，是一个琳琅满目的天地。这里有各种国际名表、珠宝、化妆品、红酒免税店，咖啡小吃、乐队表演……走在大道上，头顶上忽然喧闹起来，原来是船员在天桥上展示才艺，幽默的舞蹈博得观众们阵阵喝彩和掌声！

大道两边有各种冰激凌售卖。咖啡店里，饮品、甜点和比萨都是不收费的。端一杯咖啡坐在小桌边，看人来人往、品味属于你的闲暇时光，有点像在欧洲喝下午茶的感觉。

因为是最后一天，有很多商品摆在路边打折优惠，Smoke 买了红酒，我也给自己挑了一条经典的施华洛世奇天鹅项链和五折优惠的西铁城手表。

拍个照片秀一下，怎么样？宠爱自己就是可以没商量哦。

船上最后的晚餐增加了大龙虾。席间，全体工作人员在音乐声中绕场一周，挥动白色餐巾向乘客们致谢。来自 30 多个国家和地区的餐厅员工在挑空的三、四、五层楼梯上挂下红绸，用中文演唱《月亮代表我的心》……那一刻，心里着实有点感动。

晚餐后，萨沃伊大剧院里有精彩演出，船上的艺术家们奉献了令人惊叹的才华。偌大的剧院里座无虚席，迟到的我们只有站在最后一排座位后面观赏浪漫多情的尾声。

……

结束航行

皇家加勒比一海洋水手号停泊在天津港。

下得船来，回望那巨大的邮轮，心生几许留恋。

或许，这并不是邮轮生活的结束，而是我们海上旅行真正的开始，因为，本次航行给了我们如此美好的体验。皇家加勒比，我们将会与你再见！

情迷爱琴海

　　由于飞机上出现危重病人，本应经伊斯坦布尔飞往雅典的航班却飞向了哈萨克斯坦的阿斯塔纳。窗外的夕阳虽美，我们却被关闭在机舱里近4小时！终于转回伊斯坦布尔时，中转的航班早已离去……无奈逗留机场5小时，此时土耳其正在闹政变，机场里买不到一个水果，一杯酸奶折合人民币70多元，一块小面包为人民币50多元，其他食品除了昂贵的坚果只有当地的牛皮糖！

　　……这趟自由行，可真给我们出了不少难题！

不朽的雅典

　　下午3点终于抵达希腊首都雅典。乘坐机场大巴去往市中心的酒店，沿途只见陈旧的房屋，没一栋像样的建筑。这座孕育了西方文明的城市，似乎停滞在了3000年前。

　　我们居住的酒店正对着国家公园，从阳台上能看到一簇簇笔直高耸的椰子树，这已是全城最好的风景。宪法广场就在公园旁边，它得名于1843年9月3日奥托国王起义后批准的希腊宪法，也是雅典重要的庆典和旅游胜地。广场上庄严而有趣的卫兵换岗仪式，吸引着各地游客前来围观。

　　参观雅典卫城，先要在园外买门票。卫城在山坡上，一路走去，松枝下是荒芜的残墙、石壁。一个类似古罗马角斗场的圆形场地中，有乐队演奏，乐声悠扬，飘散在缕缕微风中。沿着石阶向上攀登，庄严的雅典卫城留给世人的只剩下几根石头柱子……但是能在那些巨大的石柱下留下珍贵的照片，却是很多人的向往。山顶上，雅典娜和帕萨农神庙相向而望，空荡的残躯裸露在阳光中，周遭一片碎石。欧洲游客们仍然徘徊其中，抚摸那一根根的残柱，缅怀希腊曾经的辉煌。

　　从山顶眺望雅典全城，只见一片灰白的旧屋，历经3000年风雨的洗礼，雅典的繁华尽皆褪去。但是站在这里你依然会感动，因为历史就在你的脚下，就在那云淡风轻、松枝摇摆的絮语中。

　　山丘下小街蜿蜒，店铺和餐馆掩在绿丛中，满足着游人的情趣。坐在石阶上点一份牛肉汤、沙丁鱼和冰激凌……菜份很大，又有赠送的烤面包，吃不完退掉沙丁鱼，店员好说话，连连点头："OK"。

　　老板走来，操着生硬的中国话跟你聊天："你从哪里来？……你是第一次来雅典吗？……你喜欢这里吗？"显然，这家老板会不少中文，想必是在我这儿练口语呢。小街上不少餐馆的菜单后面都印有中文，为了吸引中国游客，店老板会说几句中国话好像是件时髦的事儿。

　　阳光，海风，惬意的慢时光……一边享受街景＋午餐，一边居高临下地扫瞄：街角的小店前悬挂着好看的草帽和希腊工艺品，路边的房屋是满墙的涂鸦，黄的、蓝的……奇特荒诞的画意让人颇费思量。餐后沿街前行，又见一幅画钉于墙上，用两盏古色古香的灯来装饰。

画风简洁，寥寥几笔浅棕色涂抹出卫城的模样（就像中国的水墨画），我猜那深巷里是一间不错的画廊。

作为西方文明的发源地，雅典凭借着旅游业向世界敞开怀抱。而帕萨农神庙的石柱，是它最好的名片。

菲拉小镇

公元前 1500 年，圣托里尼火山喷发，炽热的熔岩、爆炸伴随着巨大的海啸，灾难波及整个地中海，之后约两个世纪这里无人居住。直至公元前 1300 年，这里才重新有了人类的痕迹。如今的圣托里尼，白色的房屋布满火山口的斜坡，爱琴海与悬崖相拥，这里已成为世界上最美丽的旅游胜地之一。

我们居住的酒店就在菲拉小镇海边悬崖的入口处，凭海临风，景色开阔壮丽。菲拉是圣托里尼的首府，也是《古墓丽影》等多部影视剧的拍摄地。镇子不大，但银行、邮局、餐馆样样俱全，便利的公交车通往圣岛各处。

圣托里尼的美色吸引着世界各地的人们不远万里。沿着悬崖上的小街一路走去，你会发现，身边有很多欧美国家的美女帅哥……他们气质出众，衣着简洁，绝不五颜六色。而当地的少女则热情如火，向游客展现着别样的地中海风情。在这游人如织的小岛上，拉手风琴的少年可在路边演奏得到不菲的收益，小摊贩们也可以售卖岛上的特产——火山石赚取所得。

悬崖上的小街店铺逶迤，可爱的 BABY 坐在儿童车里，手捧IPAD 不亦乐乎，妈妈们在旁边挑选精美饰品也是那么忘情。希腊的手工制品构思奇特，造型生动。各种造型精美的冰箱贴、绢丝缝制的希腊神话女神和凶神恶煞的海盗弹弓都让人爱不释手，我挑了一套黑色火山石茶杯垫和烟灰缸，原始的质地看起来很有味道。

小街上有很多甜品店，很喜欢在那里发发呆。这些可爱的甜品不仅诱惑着你的味蕾，它的造型也千真万确是一门艺术。至于那些制作烤肉的店铺，就更是让旅游者难以移步。来到小岛上，谁不想品尝一下地中海的美味呢？西方人注重食材的原汁原味，地中海的火山土可是超级肥沃的养料。

沿着海上悬崖一路走去，满目皆是地中海风情独特的小建筑，天主教堂则建造在悬崖的最高点。教堂里有许多精美的壁画，身在其中灵魂会感到静谧、安详。

夜色降临，菲拉小镇游人摩肩接踵。爱琴海的这个火山岛，如今已热闹得如同蜂箱……

海风轻拂黑沙滩

随着火山的喷发，高温岩浆遇海水迅速冷却，形成了一片颗粒细小的熔岩，这就是我们现在看到的圣托里尼的黑沙滩。

斜阳映照，海风轻拂，一排排遮阳用的草棚下，是金黄色的躺椅。在黄昏的此刻，躺椅上只有寥寥无几的游人。一对母女漫步徜徉着从沙滩上走来……女儿约30岁，身着黑色比基尼，皮肤雪白，身材窈窕；母亲则满头银色短发，身穿蓝白相间的花色裙裤。在蔚蓝的大海和黑沙滩之间，浪花是她们背景中生动的映衬。

沙滩旁排列着一些茶舍、售卖工艺品和烤鱼的店铺，都是蓬屋的形状。随意走进一间，院子很深，后院里还有温泉和秋千。碧蓝的水犹如孔雀翎。服务员都是当地的土著和黑人，与他们闲谈中，见一位头上裹着黄色包头的小伙子，赤裸的胸膛和四肢上沾满细沙，神情里却透着现代人的自信。我揣测，纵使见过无数来自世界发达国家的人们，他也一定更爱自己脚下的土地，并深知自己那独具的帅气。

夕阳西下，黑沙滩上的每一片树木、竹屋、草庐都披上了霞彩，呈现出独特的风情。暮色中愈加深沉的大海更让人浮想联翩，耳边响起理查德·克莱德曼演奏的钢琴曲《水边的阿狄丽娜》。我奔向大海……纵情舞之蹈之。此刻，当我翻看着那一组朋友拍下的摄影，嘴角不禁泛起微笑……

圣托里尼，在你千古的黑沙滩上，留下了我自由的足迹……

伊亚的落日

在圣托里尼，住进伊亚镇的悬崖民居，只为看那"世界上最美的夕阳"。

我们选择的这幢窑洞式的住房，直面大海，可以说是在圣岛看夕阳最佳的位置了。早上，房东达塔亲手做了早餐，在爱琴海的晨风中，在蓝色的大海之上请我们享用，还有比这个更惬意的事吗？民居的后面是伊亚镇的小街，吃过早餐，我们配合圣托里尼浪漫的风情，戴上墨镜、大草帽就出发了！沿途尽是上上下下的石阶，不期然就有一蓬繁茂的三角梅出现在眼前……饰品小店裸露在蓝天之下，一个转弯又忽见明信片上的蓝顶教堂！……地中海的蓝与白是那么悠远，即使穿越了无数个世纪，也似乎能让你看见它的昨天。一位当地人跟在我们身边搭讪，还向我张开臂膀。见我不明其意，他竟冒出一句汉语："我爱你！"……哈，爱琴海的浪漫与幽默可真是无处不在！

才刚刚下午4点左右，悬崖上就站满了来自世界各地的游人，人们在期待着那个瑰丽的时刻。而房东达塔，也在门前的小桌上摆上了两杯红酒，满足我们在"自家"门口看夕阳的美意。落日熔金，夕阳余晖在海上铺就一条金色的路，归来的小船让人想起东方的"渔歌唱晚"。太阳一点点地沉落下去，在即将没入大海的那一瞬，变成玫瑰红的圆。……悬崖上，有节奏的掌声徐徐响起，伴随着大自然辉煌的谢幕，人们的感动变成了一片暴风雨……我很庆幸，能够见证这样一个精彩的时刻。

在米克诺斯岛上

在爱琴海的群岛中，提起圣托里尼，中国游客几乎尽人皆知。但说到米克诺斯，好像就没几个人知晓了。从雅典乘坐40分钟的飞机（或乘船5小时）我们来到米克诺斯，在岛上，你果然看不到中国面孔，这里是老外们度假的天堂。古风车、小威尼斯、天堂裸体海滩、艺术风情的街巷……米岛虽小，却韵味十足。

住在米岛的标志　　大风车旁边，我们得天独厚，当晚就见识了

绝美的日落。风很大，人很多，我不得不一次次地按住飘起的裙摆，好后悔不该穿裙子！……在绯红的晚霞中，落日的中心是一个白色的圆，那硕大的一轮在人们的注视中渐渐沉下海去。……大风车被灯光照亮，米岛是万家灯火的璀璨。

　　清晨，我在一阵阵海浪声中睁开眼睛，坐在"家"门口的台阶上，倚着那蓝白相间的民居，感觉自己就像岛上的一个居民。一个三四岁的小 baby 牵着妈妈的手从我面前走过，走出老远了还在回头张望……嘿，小 baby，欢迎围观！或许是因为从未见过东方面孔？在甜品店用餐时，一对过路的母女也满怀好奇地对正在拍照的我们说"wonderful!"并且主动要为我和同伴拍合影。我们邀请她们一起合照，老妈妈笑得好开心！邻家店铺里做意面的小哥儿，见我们来拍照，也主动摆出 pose，笑出一脸的灿烂！希腊人民的确非常热情。

　　米岛的小街非常有味道，蜿蜒的石子路两旁，极具艺术风格的店铺绝没有一家雷同。有的是很欧洲很古典的蓝灰色二层小楼，庄重地立在小街的转角处；有的是地中海的蓝门白屋，配着台阶上的鲜花和绿植；还有的是一道铁栅门，简洁的英文字母勾出耐人寻味的格调……我们便在这些风情万千的门楣前左一张右一张地拍个不停，发到微信朋友圈里，朋友们羡煞了这些美妙的西洋风景！

　　小巷尽头，便是有名的"小威尼斯"。这里的店铺一半在街上，一半在海水中。海浪拍打着民居，白色的咖啡椅旁浪花如雪，坐在大海上，品一杯地中海的咖啡，又仿佛天上人间。

　　……夜幕降临了，米克诺斯充满魅惑，小巷仿佛天上的街市。

　　到处都是海边餐馆，大树下云集着度假的游人，而那一间有灯光漏出来的红门小屋，就像我梦中的家……

　　晚安，米克诺斯！

旅美日志

改革开放以来，有那么多的知识精英移居美国，有那么多世界各国的年轻人想到美国去生活……为什么？当我真正踏上赴美的行程，已是 30 年后了。感谢中美邦交带来的实惠，我获得了一个 10 年签证。在 40 天的行程中，我去了美西和美东地区。

2016 年 4 月 1 日

美国女孩 Tori

在北京飞旧金山的航班上，我们认识了一美国少女。那天我刚放好行李挤进中间的座位，还没等坐下，那位金发白肤的邻座就是一阵热情洋溢的寒暄……

可我却只能冲她点点头，用我有限的英语单词说："Sorry, my English is not good."

她的热情戛然而止，彼此的关系一下跌回到陌生的路人。

这样的旅途着实有点尴尬。无聊中，她不停地上厕所一大长腿一台，从里面的座位一下越过我和我的同伴，站在了走道上。那修长的身材真是超级无敌了！

吃过晚餐，她不看杂志也不看电视，无聊地坐了一会儿，就靠在椅背上睡了——长腿搭在前座的后椅背上，在我们东方人看来，不怎么矜持。

时差原因，我和同伴睡不着，就聊天。忽然感觉有谁靠在我的背上……扭头看，那美国妞儿，拿一软垫贴着我的背，舒舒服服，睡得好酣！如此不见外，也只好将我的背借她一用了。

我们又接着聊。才不过一会儿，我的肩膀又被她搂住了！匪夷所思，她一只手竟伸进我衣领，向腋下摸摸索索……这什么情况？我和同伴都愣住了！我推醒她，她睡眼蒙眬地给了我个笑脸，又转向另一边接着睡。不一会儿听见她喃喃自语，又在梦里笑醒！……是梦见了男朋友吧？我猜。

早晨醒来用过早餐，有大把的时间，容我们三人连蒙带比画地用英语聊聊天儿。才知道美国妞儿叫 Tori，住在旧金山。她问了我们预订的旧金山宾馆的名称，说很棒，但是离机场很远。她自告奋勇，说她男朋友开车来接她，可以把我们顺路送到酒店。异国他乡，这真是天上掉馅儿饼，没想到老美如此热心助人。

海关入境检查时中外旅客走不同的出口，中国游客的入境检查又慢人又多，匆忙中没有留下联系方式，我心想，这下可能再也见不到 Tori 了！孰料刚走到出口，就见 Tori 在外面踏踏实实地等着……让我们心中好不歉意。

Tori 大包大揽，用行李车推上我们所有的箱子，替我们与海关官员交涉申报事项，就像是我们的监护人。

在海关外看见了 Tori 的男友，他梳着"脏辫"，笑容灿烂，原来是一位超有艺术范儿的帅哥！Tori 扑上去，两人一阵长时间的拥吻，忘我投入，完全忘了我们的存在。等他们亲热完，我们才与那帅哥彼此打了招呼。

……一行四人穿过机场大厅。一路上 Tori 与男友勾肩搭背，还不忘腾出一只手，插进后腰摸个不停。

这时候我们就像空气，转瞬已被抛弃。

坐在车上，Tori 仍然不停地抚摸他开车的男友，那位挺酷的帅哥，这会儿显然顾及与我们如此的近距离，反而有些腼腆了。

车子一直送我们到宾馆门前，帅哥为我们拎下行李，Tori 也下车向我们热情道别。

望着车里那一对还在向我们招手的幸福恋人，心中真是感激不尽。我也向他们一再挥手：再见了 Tori，谢谢你给我们的美国之行一个如此美好的开篇。

2016 年 4 月 1 日晚

初到旧金山及弗朗西斯德雷克爵士金普敦酒店

旧金山市区华人居多。我们居住的这个小酒店却像是老外独立的小沙龙。酒店不大，却奢华精致，极高的挑空和雕刻精美的廊柱有十八九世纪欧洲宫廷的遗风。沙发里金发碧眼的欧洲顾客们，有种陌生倨傲的眼神。

异国他乡，语言不通是自由行的硬伤。尽管提前预订了酒店和当地的几个短期旅游团，在酒店柜台的咨询和与各处旅游团的联系仍然折磨得我们焦头烂额！……所幸旧金山华侨非常热情，在酒店附近的街上，一位年轻人带我们穿过一个街区，买了可上网的当地电话卡，也省去了昂贵的漫游费用。

2016 年 4 月 2 日

优山美地

这是跟随当地华人旅行团游览的第一个景点。在美国那些被完善保护的原始景观一国家公园中，优山美地是我的向往之一。

恰逢周六，天气晴朗无雨，很多美国人推着婴儿车、牵着狗狗全家出动，在优山美地浓密的古森林里留下现代生活气息。

这里的古松已有 200 年的历史。林木笔直优美，直插云霄，在蔚蓝天空的映衬下分外动人。瀑布悬挂在高山与森林中，有一条最是柔和缥缈，名为"新娘面纱"，不能不佩服美国人浪漫的想象！

湍湍激流喧哗在山石之间，清澈飞溅，蜿蜒而去……那是瀑布落地的姿态。而当夕阳落下，树木优美的身姿就成了一幅幅剪影画儿。

2016 年 4 月 3 日

赫氏古堡

大巴在古柏的浓绿中蜿蜒而上，停驻在赫斯特城堡。

这座名为 La Cuesta Encantada（迷人山丘）的奢华城堡是美国

传媒业大亨威廉·兰道夫·赫斯特聘请建筑师茱莉亚·摩根，于1919年在加州建立的，其风格为地中海复兴式庄园。

50多年来数百万游客前往观光，在此纷纷留下足迹。

赫斯特城堡仅主楼就有115个房间，除了38间卧室外，另有聚会厅、图书室、电影厅、台球室、游泳池等各种休闲娱乐场所及珍贵藏品。修建泳池的每一块水晶玻璃砖里都含有金箔。尽管如此，在我看来，比起我去过的英王室尊严高贵的温莎城堡，这里的一切都像是低级的模仿。只是城堡外的花园景观确有文艺复兴的味道，不像温莎堡四周的沉闷。正逢鲜花盛开的春天，园中花朵缤纷，山中雾气氤氲集聚，阵阵水雾飘洒到脸上，真是如梦如幻！

遥想当年，其父发现银矿继而暴富，其妻与小儿子遍游欧洲，建立梦想中的奢华王国，如今城堡犹在，斯人已去，不由令人唏嘘！

如今的赫氏古堡已成为加州州立公园，承载着赫氏家族发达的踪迹与慷慨捐献的史话。我欣赏美国人这种将私人遗产视为社会所有的无私精神。

2016年4月4日

1号公路：蒙特雷（Monterey）

两天的参团旅行结束了，接下来休闲放松的日子属于我们自己。

一觉醒来已是清晨8:00，拉开百叶窗，阳光明媚，久违的慵懒感觉如前世今生。自由行的好处就是不用跟着团队匆匆赶路，可以轻松体验当地的慢生活。

我们居住的蒙特雷是美国1号公路上一个美丽的小镇，1905年建立的这所小酒店是甜美浪漫的田园风格，小餐厅里有丰富的西式早餐。距酒店不到1公里处就是渔人码头，海湾上桅杆林立，无数停泊的渔船引人驻足。

阳光温暖，微风轻拂。沿1号公路前行，沿途是一幢幢精致的私人别墅。白色的木栅栏里生长着黄色、白色和紫色的野菊花。海岸线上，装备齐全的老外们或溜着滑板，或弓身骑行，或昂首奔跑着与我们擦身而过……无比帅气，是我眼里的又一道风景。白色的沙滩前则是一望无际的碧海蓝天。

傍晚归来，见小镇上有很多精致的餐馆、酒吧和超市。走进一个VIP冰激凌小店，我们将不同口味的冰淇淋、果料、干果仁、水果粒和糖浆混合起来，制成自己喜欢的味道，店家按重量收费，我们则获得惬意的享受。

时光荏苒，好好珍惜这一刻。

2016年4月5日

1号公路：卡梅尔

位于1号公路上的卡梅尔距蒙特雷只有11分钟的车程。我们从优步上叫了一辆顺风车，司机摘下墨镜回眸微笑，哈，原来是一像好莱坞明星般的大大帅哥！

一路上，我们与司机勉力交流，只想乘机提升口语水平，遇到障碍就用软件翻译。所幸帅哥心情不错，人又非常热情，一路相谈甚欢，到目的地后还留下了珍贵的合影。

　　卡梅尔本是一个由艺术家创建的小镇，每一幢房屋都有独特的风格，工作室里的雕塑、绘画作品出人意料地灵气逼人。我在一个雕塑小店里停留了很久，被那些极具表现力的神情、姿态深深吸引，可惜这些作品是不允许被拍照的。

　　卡梅尔的美丽吸引着世界各地的游人，如今镇上增添了许多餐饮、工艺小店，也都沿袭最初的艺术风格，只是，商业气息已是十分浓厚了。

2016 年 4 月 6 日

1 号公路：17 里湾

　　1 号公路被誉为美国最美的公路。沿途的蒙特雷、卡梅尔、17 里湾……无数美丽小镇和景区犹如繁花点缀在海岸线旁。

　　在美国的城市里，你看不到人们对豪车的攀比和炫耀，最常见的是各种款型的美国本土品牌福特。但是在 1 号公路和一些度假地，你却可以看到戴着墨镜的帅男美女开着顶级跑车飞驰而过，成为人们眼中稍纵即逝的风景。从世界各地来的租车客们，却喜欢停下车来，在路边的观景区域对着碧海蓝天下的美景尽情拍照。

　　17 里湾离蒙特雷很近，我们沿 1 号公路徒步而行。海岸边最迷人之处，是你头顶上曼舞的海鸥。这里的海鸥是不怕人的，它们时而落在车辆上，啄食游人喂给的食物；时而展翅高飞，在你的注视中变幻不尽的舞姿；它们甚至会站在某一辆飞驰的车顶上，昂首挺胸乘风远去……如果你有兴趣，尽可以在这里拍摄下海鸥们美丽翩跹的身影。

　　海岸线边，阳光的明媚是难以言说的，它使人们心情明朗。立在海岸上，看海浪由远而近、一层层地扑上礁石，在哗哗的轰响声中溅起冲天巨浪和雪白的浪花……那心情，就是一个"爽！"海岸边还有一大片叫不出名的五彩斑斓的鲜花，戴上草帽，坐在花丛中，你的心会沉浸在遥远的天边，这画面不就是我们常念叨的"面朝大海，春暖花开"吗？！

……

2016 年 4 月 7 日

做客新泽西

来纽约，住在新泽西发小家里。

夫妻俩来美近 30 年了，先生是改革开放后中国首个公派的哈佛法学博士，在美创办了君和律师事务所纽约分部。发小来美后一直做房屋销售，她的花园地产已经成了新泽西知名品牌。如今功成名就，儿子尚未毕业就找好了工作，可说是完全实现了美国梦，可并没有安享晚年，生活依然是匆匆忙忙。

发小家的房子楼上楼下共 700 多平方米，整个住宅占地一英亩。不仅有宽大的草坪游泳池，隔着隐隐的花树，还能看见一片蓝色的水库。

周律师带着我们楼上楼下参观各个房间，除主客卧室、衣帽间、餐厅、厨房、大小客厅、书房外，乒乓球室、健身房、桑拿屋、酒吧一应俱全。特别是大厨房中央的操作台，那可是我梦想中的格局。

其实房屋的内部并不是主人的设计。在美国，很少有新房出售，房屋交易大都是二手房。这更方便了来美的华人。因为老外的房子无论是外部样式还是内部的装饰设计，审美眼光都没得说。就连房屋前后的花草都经过园艺师精心设计，与房子的款式色彩相得益彰。

发小工作虽忙，仍忙里偷闲关照我们。不仅司机、翻译全兼，就连食宿、旅游、娱乐费用都全包了！在这样的幸福生活里，我们每天睡到自然醒，然后坐着发小的奔驰车逛超市、品尝各国美食、去公园湖畔到处游玩

周律师一日三餐地做饭刷碗，还说是每天必须的活动！

——唉，不是我们不知感恩，是主人没觉得有恩于谁！看他们每日乐在其中，我们只能相信那句老话：有朋自远方来，不亦乐乎。

他们就是这样享受接待朋友的过程，而不像国内，去别人家做客仿佛欠了主人很大的人情。

2016 年 4 月 10 日

老美的房子

特别喜欢看欧美国家的房子。在发小家周围散步，那一栋栋富于个性，精巧别致的房屋就像一道道毫不雷同的风景，使人流连其中。

房前屋后常有一丛丛的花，似在诉说着主人的情趣生活。安静的住宅区又有大片的绿地，那是高尔夫球场。球场旁边有一栋房子，面向球场延伸出一个用玻璃墙封闭的悬空的平台，能想象主人坐在落地窗里品着咖啡，让一望无际碧绿的青草地映入眼中的惬意。在小路尽头的花树下，又冒出一个可爱的篮球筐！不用说，喜爱篮球运动的主人也会通过此项爱好锻炼身体。

美国人注重家庭生活，且有很强的私密性。不是亲密友人，你很难知道房子内部的情形。刚好我的朋友有个房屋销售公司，她带客户看房子时我也得以走进去，欣赏了老美房屋的内部。

这栋房屋隐于树木之间，从外部看并不显眼，却与环境有一种天然的和谐。从另一侧看，红色的花树映着白的房屋、蓝的天，色彩明丽宜人。木质的露台临着水，上有铁艺的圆桌和椅子，那自然是喝咖啡的地方。

走进房子，玄关通向房屋各处。小客厅的地毯、钢琴、绿植、落地窗十分优雅。从窗口向外眺望，犹如风景画。大客厅显然是家庭公共区域，布艺沙发柔软舒适，颜色是灰调子的深红。壁炉和墙上的家人照片营造温馨气息，老美家庭生活的私人化和重视程度可见一斑。餐厅虽说平淡，但你可注意到红色的墙壁？用色大胆，却并不突兀。小餐厅的墙壁又是绿色的，玻璃门外是后院，有一架烧烤炉。过道中老式的缝纫机，或许也会偶然用到？

在另一所独身老太出租的房子里，虽然只有一室一厅，内部陈设却是雍容华贵、一丝不苟。看到这样精致的生活，我们便知道所谓优雅是怎样炼成的了！

2016 年 4 月 13 日

纽约印象

在发小家休息几天后我们开始了美东之行，这也是发小的贴心安排。

旅行是参团的，一周的时间我们游览了纽约、尼亚加拉大瀑布、波士顿和华盛顿，整个旅程轻松愉悦。

第一站虽然是纽约，但只是匆匆路过。后来发小带我们又多次去过这座世界著名的大都市，观赏了夜景，看了百老汇的演出，去了林肯中心、蜡像馆和中央公园……说实在话，从旅游的角度来看，纽约并没有给人留下太多美好印象，其陈旧和拥挤令人难以释怀。导游带我们去时代广场，下车后我们却找不到广场在哪里？导游说："你们所在的地方就是时代广场啊。"什么？就是这个楼群肮脏、人潮汹涌、连个巴掌大的空地儿都找不到的十字街头，竟敢说是"广场"？想想我们北京的天安门，那才叫广场呐！

纽约的街头也是光怪陆离的。拥挤的人流中，装束夸张奇特的乞讨者打扮成自由女神、印第安酋长……的模样，拦住好奇的观看者，不由分说地拥抱合影并向你索取小费。

很难在纽约看到绿地。到处是陈旧拥挤的楼房和匆匆不息的人群。中央公园的周围，是富人区天价的住宅。真是一个让人喘不过气来的大都会！

尽管如此，我们还是能够从纽约陈旧的表象感受到它内在的质量。作为世界金融和经济中心，它吸引着众多淘金者和创业者；在百老汇，虽然剧场远不如北京国家大剧院和上海东方艺术中心的现代明亮，但看完《歌剧魅影》，你会知道什么是真正的表演艺术，它所有的元素都值得你去反复回味。在林肯中心，大厅中玻璃匣子里陈列着一件现代艺术作品，类似干花的材料堆积成了一具芭蕾人体，腰部呈现出少女的脸，仔细看去，躯干的花堆中又有很多人型，作品耐人寻味，艺术家的想象和创造力令人叹为观止。

夜色中的林肯中心是华丽璀璨的。五道高大的拱门在灯光的映照下如同水晶宫，广场上的喷泉流畅如雪……在这里，我对纽约多少有了一点仰望。

2016 年 4 月 14 日

尼亚加拉大瀑布

游艇在欢呼声中冲向大瀑布一在此起彼伏的尖叫声中，我们被挟裹在一片雪白纷飞的水雾中，眼前的一切都看不见了！虽然我已按下了手机的视频键，但从后来播出的画面上看到的却是我自己在不停地擦镜头，以及地上零乱的鞋子和裤腿。

待游艇钻出水雾，尼亚加拉大瀑布正远离我们的视线，很遗憾，这已经不是拍摄的最佳角度了。……同船的驴友们仍在将手机和相机对准高悬的大瀑布，那争先恐后的情形不像是在拍摄风景，倒像是抗洪抢险的一个英勇场面。

尼亚加拉大瀑布位于加拿大安大略省和美国纽约州交界处，它不是世界上最大的瀑布，却因每秒钟 60 万加仑的流水量呈现出壮美的景观。事实上，观赏尼亚加拉大瀑布最佳的角度应该是对面的加拿大境内，我们看到的只是瀑布的侧面。

自然之美，不是我们用相机和文字所能描绘的，但能够亲眼见证它，已是此生的幸福。

2016 年 4 月 15 日

在安大略湖畔

清晨，漫步在安大略湖畔的青草地，听导游讲述爆发于 18 世纪中叶的"七年战争"，那场战争使英国从法国手中夺取加拿大，成为海外殖民地霸主。13 年后，美国独立战争爆发。

从纽约隔湖眺望对岸的加拿大，可看到多伦多隐约的城市倩影。而在这一边美国的土地上，仍保留着 18 世纪的英军军营。一位身穿英国军服的当地人手持古老的长筒枪，为我们演示了要靠幸运才能打出火药的射击技术。很幸运，他的射击成功了，而我也恰在这时按下快门，拍下了火药喷发的瞬间。

2016 年 4 月 16 日

穿行于哈佛和麻省理工学院

比起英国的牛津、剑桥来，无论从校园环境、建筑、学生精神气质来看，美国的这两座名校都似乎少了一些贵族气和学院风。

校园与市镇融为一体，密度过大、风格近乎民宅的楼房，远不如英国名校那些千年古堡承载着更多历史的厚重。但它们依然是世界著名的。美国的民主、自由、现代制度和对人才的网罗使这些名校精英云集，成为高素质社会的中坚力量。

而我们这群校园楼房的拍摄者，不过是学生们眼里匆匆的路人。

2016 年 4 月 17 日

在波士顿的游艇上

天气晴好，白云悠游。从游艇的大玻璃窗向外望，阳光斑斑驳驳在水面上洒下一片银色。

买杯咖啡坐在木桌前，心境自然是海阔天空的从容。

对面的老外在喝咖啡、看报，真羡慕他的休闲！播音员用带着鼻腔共鸣的标准普通话向游客介绍码头的历史和传说。

窗外的景色在不停地变换，波士顿的高楼大厦、港口的白色小艇和一只据说是 19 世纪的海军战舰依次从眼前滑过……

上得港口，市场里有很多异国特色的小吃，大龙虾是波士顿的特产……遗憾的是昨日在中国餐馆里品尝，我竟然连一只整虾都吃不完，眼睁睁看着服务员将巨大的虾头和虾钳扔在虾壳里端走了！……

2016 年 4 月 18 日

华盛顿特区

在华盛顿，我们登上游艇。这是一位将军设计的运河，它环绕波多马克岛，让绿树葱茏的华盛顿特区美不胜收。从游艇上看去，岛上的将军堡、将军俱乐部、总统专用停机坪、中情局、五角大楼、空军纪念碑……尽在眼底。每隔几秒钟便有一架飞机停落在草坪上。

华盛顿是一座规划有序的美丽洁净的城市，绿草坪上，国会大厦、白宫、林肯纪念堂和华盛顿纪念碑……一幢幢白色的建筑错落其中，它们承载着美国的历史和未来，也影响着世界的格局和进程。

与纽约街头的繁华喧闹形成鲜明对照，华盛顿自然历史博物馆的安静沉淀了我们匆匆的行程：珍稀美丽的动物图片，进化中的人类遗骸……徜徉在自然与人类文明之间，清新脱俗的新新人类从我们身旁擦肩而过，孩子们则睁大好奇的眼睛……在神秘的自然面前，我们是谁？我们来自哪里又走向何方？无论国籍种族，这是人类共同的求索。

2016 年 4 月 20 日

阿米什人

18 世纪初，一群阿米什人移居美国，他们是德国瑞士移民后裔，信仰基督的清教徒。400 年来，他们拒绝汽车和电力，过着与世隔绝的简朴生活。

春光明媚、天气晴好，发小驱车带我们行驶在宾夕法尼亚州的田野上。绿草之间，有一些房前屋后矗立着牛奶处理设备的白色小屋，那就是阿米什人的家。

围着栏杆的树下，穿着简朴衣裙的妇女儿童在树下嬉戏或打棒球，一群牛羊悠闲地在一边吃青草。老式马车行走在乡间公路上，马蹄"咔嗒咔嗒"不紧不慢地敲打着路面。

我们的汽车驶入一个停车场，然后我们和几个旅客一起爬上了马车。留着大胡子的阿米什马车夫幽默地讲述马儿的故事，惹得旅客们一阵阵哄笑。虽然我听不懂英语，却能感受到那发自内心的欢乐。

马车进入一个居民区，一个阿米什妇女拎着小篮子来售卖点心和水，当她回去取货物的时候，旅客们就自动把钱放进她的小篮子……

在这个阿米什人群居的小镇上，当地人为我们播放了记录阿米什人历史的小电影。立体小影棚里，不时飘下的水珠和喷射的烟雾配合着瀑布和炮击的画面，使阿米什人古老的故事分外生动。但汽车撞死爷爷的惨剧，却让阿米什人对现代生活拒之门外。

我们走进了一个阿米什人的家。客厅里使用燃气灯具，手工制作的工艺品、老式缝纫机和未缝完的被子，以及供全家人学习娱乐的小方桌……都体现了阿米什人简朴的生活。我们也看到了一些现代设备，如电冰箱，但那居然使用的是燃气！更有意思的是阿米什人的服饰，按照他们朴素的审美，衣着不能以剪裁、颜色或特殊样式来引人注目，但那停留在19世纪的风格，在现代社会却更显得特立独行，引来人们好奇的目光。

阿米什人的孩子长到16岁，父母会让他们走出家庭，去见识外面的世界。当他们回来，他们可以自己决定，是走进现代社会，还是回到这里，与阿米什人一起生活。

天色向晚，我们离开阿米什人居住的小镇。夕阳一片金黄，映着无垠的绿色原野，真是美轮美奂！我们忍不住停下车，用手机拍摄这美丽的乡间。一同留在记忆中的，还有像大自然一样纯朴的阿米什人。

2016年4月22日

大西洋赌城

灰蒙蒙的大西洋海滨完全不似加州1号公路海滩那样明快，但海边的大西洋城却别有一番韵味。小雨才驻，清风微凉。空旷的海岸上不见一人，唯有白沙和寂寥的涛声。周律师告诉我们，在拉斯维加斯之前，这里曾是美国最大的赌城，现在它仍是美东地区著名的度假胜地。

　　漫步赌城，异国风情的建筑前一群群海鸥飞翔。花坛里盛开着猫脸花，三轮车主悠闲地守候在路旁，游览车停驻在赌场门前，有不多的旅客上上下下……周律师让我们看门上的英文字母"Trump"，说这赌场正是民主党最热门竞选者川普所投资。如今赌场已转入他人之手，但仍借用川普的名字。他让我帮他拍张照片，开玩笑说，如果川普当选，这赌场的名字或许就再也见不到了！

　　在周律师的怂恿下，我们走进赌城体验一下小赌的心情。苏云将一张 20 美元的纸币放进老虎机，大家各试手气，输多赢少。还好周律师福星高照，赢取 354 分保住大半本钱。第二轮又轮到我，一向缺少赌运的我有点小紧张。忽听老虎机里有钱币掉落，大家屏住呼吸，看我能赢多少？"啪嗒、啪嗒、啪嗒……"哈，还停不住了！"啪嗒、啪嗒、啪嗒、啪嗒……"老虎机里的钱币如雨一样下个没完没了，大伙都愣住了！我们就这样傻傻地望着，听凭"钱雨"任性地下。直到最后"啪嗒"声戛然而止，老虎机上显示出 338。的数字。20 美元变成了 55 美元，翻了两倍多！

　　开赌场的地方总是不平静。我们在麦当劳用餐的时候一对 50 多岁的华人夫妇钱包被盗一他们来美 5 年了，住在附近帮女儿看孩子一由于英语不通，他们请苏云帮忙报警，虽然两名警察迅即开车前来，但能否破案不得而知。美国社会没有户籍制度，除了强奸犯以外，就连杀人放火者都没有刑事登记。所以，来赌城，还是先看管好自己的钱包！

利文斯顿小镇

发小家的房子属于新泽西利文斯顿辖区。美国没有户籍制度，镇政府的职能只是提供警察、学校和征缴税收。镇政府办公楼是对外开放的，任何人都可以进去喝免费的咖啡。公立学校也是免费的，学校前有巨大的草坪。今天是周末，草坪上有很多前来参加活动的学生和家长。

图书馆在办公楼与学校之间，规模不算很大，除了图书以外，还提供上网和免费咖啡。读书区域呈半圆形面向小广场，落地窗、沙发和绿色的草坪构成舒适的休闲场景。

包括镇政府学校图书馆在内的设施虽然是政府投资，但由于其公共和开放性质，很多私人投资者都愿意为它捐款。在图书馆新增场所的门扉上，我们看到以私人名字命名的场所名称。镇政府旁边的草坪上还有一个用来捐衣捐物的大铁皮柜，人们很习惯这样不留姓名、不求回报的善举。

在新泽西买房子的大都是高收入者，但你看不到谁炫富。在利文斯顿样式别致的白房子前，优美的花树和绿草坪相映，你能从中感受到主人的修养和品位。

清晨醒来拉开窗帘，看见周大律师和他的大黑狗 Chuky 穿过绿草坪从鹅棚走来，他站在游泳池旁的树下做燕飞动作以治疗肩周炎，厨房里是他熬的南瓜汤。每天早上他都是以这样随和的态度为客人准备早餐。

平等、自由、休闲　据说新泽西的人均寿命为 89 岁，在美国名列前茅。

2016 年 4 月 25 日

山湖镇

发小驱车带我们来到山湖镇。

山湖镇是一个景色秀丽的住宅区，始建于 20 世纪 20 年代。一些富有的纽约人为了寻求更舒适的生活，在这里的湖区建立了新的家园。

小镇上有微型火车站通向纽约，也有小型的邮局、图书馆。却没有购物中心和餐馆，也没有旅游开发，世外桃源般的生活十分宁静。

过路的汽车在住宅前停留是不被许可的，我们不能拍摄到那些漂亮的房子。但在路遇一群可爱的狗狗，我们停车拍照时，主人却友好地向我们打招呼。

山湖镇又是一个美丽的湖区。依山傍水的住宅前，有的人家将草坪一直修到坡下的湖边，又在草坪上设置了休闲的咖啡座，那是融入山水的心境。

据说这里很多古老的房屋已有近百年的历史，是被作为遗产保护的。所幸发小的家就在附近，我才能饱此眼福！

2016 年 4 月 28 日

盐湖城

20 天的美国东部之行转瞬即逝。依依不舍地告别了发小，我们返回洛杉矶，再次参加当地旅行团的活动。

大巴载着我们来到盐湖城。

盐湖城位于犹他州，全城 98% 的人都信仰摩门教。曾与奥巴马竞选美国总统的罗姆尼、好莱坞明星布拉德·皮特、朱莉夫妇都是摩门教徒，可见摩门教在美国的影响力。

摩门教堂的周围鲜花盛放，与洁净少人的街区一起构成了盐湖城安静美丽的环境。教堂附近有几幢童话般的尖顶小房子，那是摩门教主的后宫。

州政府是对外开放的，因此我们得以进入它的内部，看看这由教徒们的财力支持的奢华的办公大楼。

办公大楼耸立在上百层台阶之上，气魄非凡。楼内穹顶华柱，有雕塑、油画，不仅议事厅、会议厅金碧辉煌，就连卫生间的材质都是大理石。

流连其中可以随意拍照，政府的也是公众的，不是吗？

2016 年 4 月 29 日

拉斯维加斯

拉斯维加斯是一座消费与娱乐的城市。

1906 年，这里开始有人居住，1911 年正式建立城市。如今，拉斯维加斯宾馆酒店林立，全城近半数的酒店都属于米高梅旗下。

拉斯维加斯又被称为不夜城，从早 9：00 到第二天凌晨 4：00 全城彻夜不眠。在新城区购物中心，我们看到很多人都在露天酒吧消夜。

拉斯维加斯的灯是全世界最亮最多的，最大的 9000 瓦。据说灯与灯相连可绕地球两圈。

赌与性是拉斯维加斯消费的两大主题。几乎所有的宾馆酒店都设有赌场，连商场里都有老虎机。走到任何场所，你都能找个地方一掷输赢。在赌场里，空气中含有微量兴奋剂，它会刺激赌客们的神经，使其欲罢不能。

说到性，在拉斯维加斯老城区，随时能看到街头的脱衣女郎，她们用性诱惑路人，付费便可与之合影。在一个小亭子前，打扮时髦的光头老太正在等待做假发。而在新城，则是脱衣舞酒吧里的狂欢。去看脱衣舞的观众中，女人比男人还要多。现代少女们去看脱衣舞，据说是为了观赏学习人体与性之美。性是美国文化重要的部分，据导游介绍，全美人去脱衣舞酒吧的次数是去电影院的五倍！导游还形象地比喻，纽约和拉斯维加斯，就像女人化妆前和化妆后，或者说像韩国人整形前和整形后。而在我的眼里，拉斯维加斯满足了人类最深层的欲望。

据说拉斯维加斯是结婚率最高的城市（尽管其他城市并不承认它的合法性），最浪漫的地方是摩天轮，常常有一些男士在最高处跪下来，向情人求婚。拉斯维加斯也是离婚最难的城市，一些人从酒醉中一觉醒来，懊悔地发现自己已经结婚了！

我们登上摩天轮的一个球体，在那能容纳四十余人的空间里向下俯瞰，城市的灯火密如繁星，却又感觉平淡无奇，因为距离太远，你用相机根本拍不到任何精彩。倒不如由下往上看夜色中的摩天轮，在灯光照射下变幻出的各种颜色。

除了赌与性，这座城市对我的吸引力来自各种各样的"秀"——那些极具创意和表现力的大型表演。其中太阳马戏团的秀是最值得信赖的品牌。该团有几千个演员，都是从世界各地甄选出来的，其中一些演员来自《花花公子》杂志。演员培训 6 年，却只能在这里奉献他们 18—22 岁时的青春。还有 136 位演员是奥林匹克退役获奖者。

太阳马戏团的舞台造价最高达 1.6 亿美元。今天不是周末，我没能看到想看的《水之梦》，却看了另一种风格的《披头士》。这是一场以"披头士"乐队的演唱贯穿始终的生活秀。360 度视角的立体舞台呈现了美国人生活的方方面面：车祸、盗贼、火警、爱情、家庭……令人惊异的是演出中无处不在的创意：代替孩子的脚蹬着车轮飞快跑动的小鞋子，在灯束中流畅完成的速写……每一个创意都带给人惊喜、激情与动感，演职人员的敬业使你付出的每一分票价都物有所值。遗憾的是剧场里不允许拍照，我只能在这里用枯燥的文字向你们传达了！……穿插在表演中的是披头士演唱的歌曲、大屏幕上的演唱会盛况。当演员用双人舞演绎披头士的一首舒缓的爱情歌曲时，我不知道我为什么会泪流满面……那是怀旧之声，那是人性之美。……望着天花板上的星空，你可以在音乐中让泪水放纵地流，而无须顾及任何音乐之外的存在……当四块大屏幕徐徐落下，分别现出披头士四位成员的演唱特写时，全场爆发出极其热烈、感人的掌声……不论来自何方，音乐给予人类的感受是共同的。

当然，还是欢乐幽默的主题贯穿全场，这是美国生活的主旋律。每一场秀都带给人们彻底的放松，让你回到生活与爱的本质中，忘记所有的不快。

拉斯维加斯的夜是不眠的夜，走出剧场，我们又去吃了自助冰激凌。我给自己调制的是：香草、杧果、巧克力，加上花生、果仁、核桃碎……淡淡的奶油味道以及酥酥的颗粒状的口感——幸福原来也可以如此简单。

正如人们所说，在赌城里，一些人上了天堂，而另一些人，则堕下了地狱！……这就是拉斯维加斯。

2016 年 5 月 1 日

羚羊彩穴（亚利桑那州）

据说这是摄影人最爱的世界十大摄影地之一。

中午 12:30—1:30 阳光照进彩穴的时间都被各地的摄影协会承包了，我们是在阴雨天气上午 10:00 进入洞穴的。

羚羊彩穴位于亚利桑那州，是由地壳变动形成的奇特洞穴景观。带我们走进去的是一位印第安女导游，她穿着红上衣和牛仔裤，完全不像想象中那么强悍。沿着陡峭直立的铁梯下行，"羚羊"的想象十分符合洞穴内狭窄的情状。狭如一线的天空将光洒进来，曲折蜿蜒的洞穴折射出以橘黄为主的多彩变化。大千世界，无以言说的美，在这里，怎能没有一些小小的兴奋！

导游的脸，似乎有些通灵感。洞穴石壁上有一粒粒纽扣般凸起的小包，她把手机顶在上面，竟拍出了熊的头像！我们仿照她的做法，也拍出了各异的画面。奇怪的是，在按下快门的一瞬间，光线忽然发生一个变化，暖色的洞穴竟然变成了冷色调！

前行中，空谷里有悠悠的和声传来，似近似远，婉转低回……竟与这美妙的彩穴奇观浑然一体！歌声渺渺地停止，原来这和声来自我们前面的旅游团，哈，他们竟是一支小型合唱队！

导游带着我们继续前行，40 分钟后我们走出了羚羊彩穴。

2016 年 5 月 3 日

大峡谷

1890 年，美国作家约翰·缪尔游历了大峡谷后写道："不管你走过多少路，看过多少名山大川，你都会觉得大峡谷仿佛只能存在于另一个世界，另一个星球。"

1903 年美国总统西奥多·罗斯福来此游览时感叹地说："大峡谷使我充满了敬畏，它无可比拟，无法形容，在这辽阔的世界上，绝无仅有。"

1919 年，威尔逊总统将大峡谷地区辟为"大峡谷国家公园"(Grand Canyon National Park)，1980 年列入世界遗产名录。

2002 年，权威的美国《国家地理》杂志在评选美国最刺激、最富有挑战性的 100 项探险活动中，沿科罗拉多河乘橡皮筏全程漂流大峡谷名列榜首。

世界上许多旅游者公认：只有闻名遐迩的科罗拉多大峡谷才是美国真正的象征。位于亚利桑那州的科罗拉多大峡谷不是世界上最大的峡谷，却是从月球上可以看到的地球景色，它是世界七大自然奇迹之首，被称为地球的年轮。

亿万年来，科罗拉多河从美国西部亚利桑那州北部的堪帕布高原中奔腾而出，切割出科罗拉多大峡谷。峡谷两岸都是红色的巨岩断层，大自然用鬼斧神工的创造力镌刻出岩层嶙峋、层峦叠嶂。这里的土壤虽然大都是褐色，但当沐浴在阳光中时，依光线的强弱，岩石会呈现出深蓝、棕色、赤色等斑斓的色彩。

大峡谷令世人注目也是它被列为世界自然遗产名录的最重要原因，还有其地质学意义：保存完好并充分暴露的岩层，记录了北美大陆早期几乎全部地质历史。这里记录了550万—250万年前古生代的岩石，在那之后的要么没有沉积，要么就已经风化了。我们的导游利欧面对大峡谷充满激情，他说在大峡谷你可以迎风感受22亿年岩层的历史冲击。可以看到印第安人的母亲之河科罗拉多河，它是一条幸运之河。导游特别强调了"氛围"。

无人能一眼看遍大峡谷的全貌。只有从高空俯瞰，才能完整地欣赏这条高原上的大裂痕。而身临其境的我们，只能从峡谷南缘欣赏大峡谷的一部分。正是"不识庐山真面目，只缘身在此山中"。

或许是正午的阳光太强，磨平了大峡谷的沟沟壑壑，或许是我的手机镜头太小，容不下大峡谷的广阔悠远？或许是看了太多的美景，我的视觉已经麻木？或许是我没有足够了解这一地质现象对于人类发展和美国历史的意义，因而感受不到那文明进化的"氛围"？……总之在大峡谷面前，我没有被"震撼"，我的审美有点迟钝。

或许我们应该去乘坐直升机（这也是我人生中从未有过的体验），从空中俯瞰一下大峡谷。当全副武装帅气的美国飞行员驾驶着小飞机停在我们面前，我们一行五位旅游者走进了舱内。同行的是一家三口，十来岁的印度小姑娘非常漂亮，总是用好奇而又矜持的眼神打量着我们，而我们也向她微笑示好。当然没忘记在机舱内来张自拍。是直升机飞得不够高吧？从舷窗望下去，仍然只能看到大峡谷的局部，心中多少有些遗憾。

走下飞机，见山谷下停泊着游艇，也都是为游人准备的。那就让我们环绕科罗拉多河，从谷底来仰望大峡谷吧！

经过"关口"，当地的"大叔"严格地按人头检票，我戏称之为"过安检"。当我转身为这位安检大叔拍照时，却发现这个美国人的目光是如此的真诚、亲切和慈祥。

游艇在科罗拉多河上推开波浪——浪花缤纷如雪，这就是印第安人的母亲河。从游艇上仰望大峡谷，可以看到更清晰的断层。在不同的侧面，阳光映射出不同的色调。当我们再次回到峡谷之上向下俯瞰，大峡谷却深不可测。但无论如何，当你用一种情怀拥抱了它，你还是能感受到一股世纪之风。

在大峡谷上有一座著名的玻璃桥，本以为恐高的我是不敢上去的，但事实上我们一行轻松而过。富有想象力的美国游客俯伏在玻璃桥上，极尽幽默地摆出各种恐惧或可笑的姿态，费用不菲的摄影师也用他高超的抓拍技术为人们留下这珍贵的一瞬。可惜由于他的敬业，每一次拍照都太耗时，我们没有等候的时间了。

在大峡谷西端的米德湖上，1935 年建成的胡佛高坝和 1963 年建成的 GlenCanyon 大坝（东边 powell 湖），成为大峡谷新的景点。一东一西两大坝之间，囊括了大峡谷最精彩的主体。在设计者石墙前留影，也将大峡谷镌刻在了我的记忆中。下一次来大峡谷，我一定去你的北岸看更美的森林草原风光，去体验你君临天下的豪情！

2016 年 5 月 4 日

好莱坞，梦工厂

作为美国文化支点的好莱坞，坐落在加利福尼亚依山傍水的郊外，拥有一批世纪最著名的电影公司和影视明星。深厚的时尚底蕴和雄壮的科技相互支撑，使好莱坞成为被全球争相模仿的电影中心和时尚中心。

在梦工厂的入口处，由真人扮演的梦露惟妙惟肖，这位好莱坞的性感明星是游客们最想与之合影的人。入口处的摄影现场也激发着人们的好奇心和对好莱坞探索的欲望。

深入场区，到处是不同历史年代的房屋。无论是一个街道的转角，还是一幢洋房的露台……都会把我们带入某种熟悉的回忆。流连其中，你或许会想起它们是哪一部电影里的场景。

坐上游览车进入车间，眼前变得一片漆黑！每个人都必须带上4D眼镜，迎接扑面而来的影像和场景。我试图用手机拍出所看到的，却是一些模糊的画面……但是戴上4D眼镜，人们便会发出一阵又一阵的惊叫！……突然倾泻而出的大水令人猝不及防，头发镜片都被打湿了，却是非常快意！另一种用3D投影技术制作的场面，好家伙，连布鲁斯·威利斯都能模仿，表演、台词跟真的一样！为什么还要用那么高的片酬请一个真的来呢？哈哈。

车间外面的一个场景十分熟悉，似乎就在最近的某部大片里刚刚看到过：飞机坠落的残骸和现场一片狼藉……原来电影里那些惊人的影像是从这儿来的！……游览车载着我们经过小石桥，干涸的河床又忽然激流奔涌，浪花飞溅！……梦工厂给予我们一个又一个的惊喜，这里的一切都是那么神秘有趣。包括路边那些不知年代的老汽车，如果你是一个车迷，一定会发出情不自禁的惊呼。

你无法知道，在场区里坐着高尔夫球车来回兜风的人是哪个电影公司的巨头？对于游客们来说，他们既平常又神秘。在梦工厂里，就连路边行走和闲坐的人都是那么酷，你更无法揣测，他们是在哪部新电影里扮演角色的演员？

离开厂区，乘电梯去看看环球影城吧。机器人大黄蜂正被影迷们热烈追捧，一个成年男人脖子上挂着相机，对着它"咔咔"地拍个没完；而哈利·波特迷们则蜂拥来到"霍格莫德村"和"霍格沃茨城堡"，他们找到了传说中的"黄油啤酒"，看到了从伦敦"九又四分之三车站"开出的小火车，兴奋地举起会发光的魔法棒……但是在我这个什么迷都不是的游客看来，房顶上的积雪是假的，魔法师是假的，电影里的人物是假的，街上的小房子是假的，就连瀑布也是假的……我都要怀疑，自己是不是假的了！哈哈。……这就是好莱坞，所有的一切都可以以假乱真。这就是梦工厂，一个专门造梦的地方。

但是如果没有好莱坞，全世界的影迷们又到哪里去追梦呢？！

2016 年 5 月 5 日

欢乐迪士尼

很多人都去过迪士尼：东京，巴黎，上海，香港……别以为迪士尼只是一个给孩子们带来欢乐的地方，在美国，这欢乐属于所有的人。除了纽约拥挤的街头，你很少看到像迪士尼这样人流涌动的地方，但在这里，你感受到的是轻松度假的气息。

人们来到这里，是为了赶赴一场欢乐的盛会。而园区内所有的表演都能令人笑逐颜开！美国人的开放与幽默使人与人之间不再有心灵的樊篱。

走进"幽灵的鬼屋"，那褴褛飘动的窗帘、窗户里伸出来的手、移动的墓碑、行走的鬼魂……满足着孩子们的好奇心，伴随而来的，是他们一阵阵拼命而夸张的尖叫！……这些公共场合有礼貌的小绅士，太知道可以在哪里释放自己了！在"加勒比海盗屋"，等待坐船的大多都是成年人。……隐秘的洞穴，闪闪的流水，小船儿滑行在岩石和海盗的传说之间……若明若暗的灯光中，你看到集市里的表演、婚床上的骷髅、监狱里的囚犯……一幅幅世俗生活的画卷连接着洞穴里精彩的旅途。追随加勒比海盗的足迹，你成为一个探秘世界的人。如果还不尽兴，你可以继续乘坐小木船，去访问另一个神秘的国度——阿拉伯世界独特的风情，将为你推开又一扇快乐的窗！当小木船载着你从"水帘洞"里顺流直下……别担心，在那命悬一线的飞跃之后，你就是世界上最勇敢的人！

漫步在迪士尼乐园，处处都是童话的世界和民族风情的表演，即使在路边的花坛里小憩，你也能感受到欢乐的气息……而这一切，就是一个叫作华特·迪士尼的人创造的。

这位漫画、卡通画大师去过世界上的很多地方：加勒比海、欧洲、东方的阿拉伯世界……这些场景，都在迪士尼一一呈现。他以给女儿讲童话故事的热情，在1955年创建迪士尼，与世人分享了这一切。

华特·迪士尼的想象力给美国人带来欢乐，美国人也给了他极大的尊重。在每一个迪士尼乐园里，人们留影最多的地方就是他的塑像前。

毫无疑问，迪士尼是儿童的天堂。可是看到那一片片的小童车，我就在想，渴望来到迪士尼的，究竟是小 baby 还是他们的爸爸妈妈？……如今，迪士尼作为美国文化的一部分已享誉全球，在世界各地建立乐园，并给更多人带去了欢乐。但愿它在中国的落地不会改变了味道。

2016 年 5 月 6 日

黄石公园——自然的大爱

你见过如此美丽的热温泉吗？你见过这样碧绿如翡翠的水吗？你见过一群群的野牦牛从山上走向饮水的河畔而不被骚扰吗？……黄石公园，代表了我的美国梦。大自然的神奇美丽、人与自然的和谐，是这个国家最吸引我的地方。

5 月初的一天，我们来到黄石公园。公园内仍可以看到积雪，导游说七八月下雪、下冰雹在这里都是很正常的事。即使是正午，我也还穿着厚毛衣和绒棉裤，而旅友们大多都穿着羽绒服。

黄石公园位于怀俄明州，总面积 9000 平方公里，创建于 1872 年，这是美国第一个国家级公园。公园内不允许进行商业活动，旅游者即使对着牦牛按喇叭也会被罚款。毫无疑问，美国人是要留给后代一个原生态的自然公园。公园内有 200 多个火山，麦迪森河穿绕其中。这里 89% 的树木都是纽叶松，只有有活火山的地方才有这种松树。公园内出现自发的森林火灾，没有人去理睬，因为松果会在野火中爆裂掉落在地上，生出新的树木。但是在 1988 年的一场人为火灾事故中，大火燃烧了三个月之久。近万人参加了扑救。幸而有自然之手一当年

8月下了一场大雪，才使黄石公园幸免于难。

公园里随处可以看到小温泉洞口。据导游介绍，公园里的地热现象有296处，分为热温泉、泥浆池和间歇泉三种。……在随后的寻找和发现中，我们感到了越来越多的惊奇和兴奋。

导游带我们来到一处间歇泉，这里已经聚集着很多前来观赏间歇泉的游客。公园在间歇泉几十米外修了栈桥，以免灼伤游客。人们在耐心等待那神奇的一刻——18:10，间歇泉准时喷发！……泉水由弱渐强，雪白如瀑，最强时高达数丈，而后逐渐减弱、平息……前后持续了3分钟。由于距离太远，很遗憾我的手机没能拍摄出它撼人的景象。

还有更多的期待引我们前行。热温泉，就像一颗美丽的蓝宝石进入了我们的视野……它是如此瑰丽和宁静，而它的前方，雾气蒸腾的泥浆池正变幻出万千气象：是谁描绘了大地的花纹？是谁涂抹出如此的斑斓？是谁在光与影的渲染中让人深深地陶醉？又将这如梦的温泉水缓缓送入麦迪逊河？……在自然的大爱中我们无言，因为我们只是渺小的人类。

这是又一处泥浆池群。在树木的掩映和阳光的照耀下，无数缕升腾的雾气映着蓝天、美轮美奂。在雾气中行走，你会闻到浓浓的硫黄味道，不经意一低头，却看见漾澈碧透的水……山川如画，大自然手绘神秘图卷，但阳光却将我的身影投射在泥浆池的花纹上一我看见了死亡：那在泥浆中失去了生命的枯木，那在泥浆中依然站立的残躯一死亡是如此的凄美！

也许这就是轮回。在自然的年轮中，生命就像泥浆池中那一根根纤细的线条，而我们却浑然不觉地幸福着，追求阳光，逆流而上，在深刻和肤浅中唱着不同时代的歌。

　　——因为，这是自然赋予的权利，生命因其短暂，所以更加蓬勃！

2016 年 5 月 7 日

美西风情

　　大巴行驶在西部的原野上，车窗外已不再是养眼的碧草和可爱的小房子，导游说这种长满了骆驼草的荒漠，叫作"丹霞地貌"。荒漠中也有一段段的戈壁，流水环绕其间，甚为壮丽。在亚利桑那州，路边还常常出现一种叫作"约书亚树"的植物，深绿的树冠、有刺的柱形叶片，它让我想起美国的西部牛仔片。

　　原以为这一路都将在沉闷中度过了，却不料一抬头，竟有别样的画面掠过窗外：蓝天绿草辽阔滩涂，玉带般的流水闪烁蜿蜒……大自然不经意的涂抹似乎只为了唤醒这昏昏欲睡的旅途。从加州到黄石公园，经过六个州。漫漫长路，沙漠中鲜花盛开的小城愈显得风情万千。令人惊异的是苍灰的天空下，忽然一道金光灿灿的夕阳，照亮了荒漠中的房屋，那真是大自然的神来之笔！

　　从拉斯维加斯到洛杉矶，一路景色又有不同。我特别想知道，那路旁树下种的小花是什么意思？同伴揣测：是墓地吧？因为已经有一些欧洲国家实行无坟冢的坟墓。可有谁知道呢？

　　途中有一个巧克力工厂，我们停下车，参观了它的生产车间。工人用巧克力和坚果混合成果酱，将它敷上纸，压实做成模型。就变成巧克力了！在作品展示车间，我们看到各种各样的巧克力，造型非常有创意。买一块来尝尝，嗯，有榛果酥酥的口感，特别香脆！……巧克力工厂外面是一个仙人掌公园，各种植物又引得游客们一顿留影拍照……在这样的旅途中，你怎么会感到单调和疲惫呢？

离开洛杉矶往西北方向旧金山的路上，窗外色彩又是一片黄绿。小憩时，车停在一片棕榈公园和海滩边。这里的海滩虽不如1号公路，但白沙也是分外洁净。而在圣塔巴巴拉附近，那如云的绿树下，曾经是印第安人的家园。印第安人是美国原住民，几千万年以前来自蒙古，信仰图腾。部落里最年长的女性被认为具有灵性，享有一票否决权。

大巴继续前行，停在了丹麦村。丹麦村有6.3平方公里，由丹麦人建于1985年。乍一走近这些欧洲风格的房子，只见红色电话亭、大风车、蓝白相间的建筑和房前的花花草草……一派浪漫和异国情调，让你恍惚间真好像来到了丹麦！店铺前的草编工艺、精致的蛋糕造型……买一只刚出炉的丹麦牛角包品尝一下吧……哈哈，资本主义的生活！

就在这美妙的行程中，旧金山已经越来越近了……

2016年5月8日

告别旧金山

大巴穿过硅谷，让我们与著名的苹果、三星……公司总部以及斯坦福大学擦肩而过。尽管这些伟大公司的产品遍及全球，但他们总部的办公区却是如此平凡、安静。我喜欢它们不动声色的低调，这是一种屏蔽了世俗喧嚣的知性态度：产品第一，公司第二。

　　旧金山已在眼前，这是我们美国之行的最后一站，几小时后我们就将踏上归程。在硅谷工作的小帅哥 DZ 开车带我们穿过海湾和隧道驱车前行，去看金门大桥。这是世界大桥中罕见的单孔长跨距大吊桥之一，是桥梁建筑史上的奇迹。有很多美国的年轻人来这里游览、拍照。

　　随后，我们来到一个同性恋社区。这个名为卡斯楚街的小街道，被称作"世界同性恋之都"。每年 6 月，同性恋者都会在美国举行大型游行活动，起点就是卡斯楚街，据说游行队伍会蜿蜒数公里之长。我们看到一些楼房的窗户里伸出彩虹旗，那是同性恋的标识。路边的酒吧是同性恋者经常聚会的地方。走在街上，随时可以看到同性恋者的亲昵举动。在我的前面，就有两个同性恋老人相伴而行，手里还拿着一枝红玫瑰。

　　在繁花处处的 5 月，在美丽的九曲花街，我向旧金山说"再见"。北京，我回来了！

在美国的华人生活

　　发了几篇日志，赞美了一下资本主义的美国。但如果不暴露一下阴暗面，还真有误导的嫌疑。话说我发小生活的新泽西算是美国的富人区，这的确不能代表美国的全部。在纽约肮脏的街头，在用餐看电视都要付费的飞机上，在少数美国人傲慢自大的目光里，你都能感受到美国生活的另一面。昨天在超市里，还听到一个华人大骂：混账的美国！

　　朋友圈里劝我移民的真不少。为了让咱们在中国住得安心些，我必须暴露一点华人在美国生活的阴暗面。

　　虽说在美国生活自由舒适，但你首先得有钱，其次你得有美国国籍。即使有这两样，作为华人，也还有一个能否融入本土的问题。

　　听发小说，刚搬入这所房子时，他们曾去拜访美国邻居，竟被谢绝了！在我们居住在发小家的 20 天里，也从未见过他们的生活圈里有什么外国人——尽管他们夫妇来美国已经近 30 年了。所以不等于来到美国，你就能融入美国生活，事实上除了工作关系，大多数中国人还是生活在华人世界里。

　　华人交际的途径，以我从旁看，除了工作关系，只有参加教会活动。教会也是华人教会。回到家里，孩子分开另过，偌大的房子里，空旷又少人气，更不知亲情、朋友在哪里？这个可不像我们在国内，因为住得密集，遛狗有狗友，逛街有闺密，邻居间有往来，晨练一下还要成群结伙，热热闹闹地跳起广场舞……话说你能适应美国的寂寞吗？

　　我曾经跟着发小去拜访她的一个客户。这位朋友从央视辞职，带孩子来美国上学已经2年了，他说还没有找到北呢！没有工作，每天还像在北京时一样，逛逛收藏品市场，拣点便宜货，给国内的朋友打打电话……这真是北京人在纽约耶！说是最近要搞个项目，我很怀疑，此时此地是否有中国改革开放初期那样的机遇和赚钱的容易？

　　所以，即使来到美国，在别人的土地上，如果没有工作机会，没有真心帮你的朋友，要过上像模像样的生活，也不是件容易的事哦！

　　倒不如做个旅游者，眼睛里总是阳光灿烂。世界之大，无奇不有，生活既不乏味，好风景也是无穷无尽地变幻着呢！

梦里水乡——乌镇

看乌镇，是 2 年前的事了。

徘徊在这座有 1300 多年历史的江南名镇里，但见悠悠水乡、青瓦木屋……果然绝世的淡定与从容。某一处小景又好像西方油画里见过的，只是年代同样的久远。

下榻在东栅的古老巷子里，房屋就在水上，窗户犹如古画。彼时有感为证：夜宿临水屋——

从这窗、这门看那船、那水，听笑语人声，搅碎巷里宁静。古镇依旧，时光千年，何处寻觅梦里伊人！

窗外的画舫模仿着古代的样式，只是船上的游人不伦不类、坏了旧时的风景。

乌镇分为东栅、西栅。东栅保存着千年的古老，西栅却是潋滟波光，春色一片。到夜晚，就更是天上人间、酒醉灯谜！彼时亦有感：梦里水乡——

西栅夜色，水波潋潋，灯火阑珊。看小桥上下，餐饮酒吧，画舫内外，

处处喧哗。游人如织，今宵若梦，春光有意天无涯。细斟酌，一杯清酒，雾里看花。

　　西塘距乌镇仅 1 小时车程，据说镇小而更本色。但我眼里的西塘，白天是民俗，晚上就像"红灯区"……窄窄的巷子里，抬头低头都是大红灯笼，揽客的帅哥美女堵在店铺两旁，店名诸如："倾城""桃花庵"……若说这也算是"民俗"，俺就只好闭嘴了。

　　入住的地方是一个叫作"转角爱"的客栈，一个写着"直布罗陀水手"的房间……无孔不入的现代人，竟把西式的浪漫移植到了东方的民宿里，还居然有我这样的人喜欢！

　　物是人非，此乌镇已不是那乌镇。若要寻梦，便只看你与那梦缘深缘浅了……

云南映像

昆　明

祖国边陲，云南战友，曾经的承诺，久盼的重逢。登上飞机，纵然是北国南疆，也不过朝发夕至。云淡风轻，人生何须太匆匆……

翠湖　喜欢伊能静这句话的前半句，"以强悍的浪漫，对抗现实的残酷"。其实何须对抗？我行我素便是对青春的注解。老去的是容颜，不老的是灵魂，80 岁的老妪，为何不许拥有 18 岁的青春？！……我偏就不信。

九曲桥上，当年新兵留影的地方，来寻我们的 18 岁。蓬勃依然，阳光犹在，不一样的，是小辫子没了！有什么关系？那只是一个时代的印记。

瞧，椰子林不还在那儿吗？曾经，奔跑在林子里，青春的笑声回荡。如今绿军装脱下来了，但纯真并没有走远。

坐在湖边柳下，留一个背影，告诉自己：岁月老去，我心依旧。

小吃　清晨的翠湖里，还是有些凉意。走进小吃街，随便要一些早点摆在小木桌上，便体会到一份当地人的休闲。

云层飘过去，阳光明媚地照过来，碗里的小菜、木桌忽然就变得金灿灿的。……脊背也渐渐地暖起来，一会儿便觉得有点发烫，没来得及吃的牛肉片居然卷翘起来。不觉笑道："这是阳光烤牛肉吗？"

云南小吃很多，最著名的当数过桥米线、汽锅鸡。品尝了最正宗的米线套餐，又来吃这豆花米线、牛肉米线、鸡汤米线……只觉万变不离其宗。一个"米"字当头，你该知云南人民是如何"以米为天"了！

扎染　小店里，第一次看到扎染的半成品。听店主讲，才知原始质朴的花色竟经历了如此复杂的工艺！而制作扎染的人是用了怎样的情思啊……

扎染的花束里有缤纷的蕊，仿佛能闻见花香；扎染的荷包里有各样的料，更需放入一世的真心……拿我们所熟悉的扎染衣裙来比，那穿在身上的倒显得俗了！

移动的房子　在网上预订火车票的时候发现"一人软包"，这是什么东西？查阅百度才知道，它相当于独立的软卧包间，一张票可以同时进入三个人。哈，比飞机票便宜很多，却比飞机更私密、舒适！

从昆明到丽江一路行来，坐在包间里就像待在自家的移动房子里，听音乐、看书、上网、睡觉……窗帘外是不停变化的图画儿。用手机拍照，竟见证了一个神奇的瞬间：前一秒镜头里是恬静的山野，下一秒雨点就打在了玻璃窗上！未及眨眼，窗外便是烟雨蒙蒙了……这撩人的春色！

古城丽江

20 世纪 90 年代初，前卫的艺术家们发现了这座有着 800 年历史的古城。它像一片远离尘世的净土，以纯粹、原始的姿态独立于悠悠岁月，成为他们灵魂的归宿。

丽江的美被口碑相传，头脑灵光的商人们也如敏锐的猎豹嗅到血腥的气息。他们汹涌而来，租下城中的房屋、庭院、商铺、客栈，开发旅游景点……城中的原住居民却都迁移到了城外。

当我们来到这里时，丽江已成为一座人满为患的旅游城市。那曾被人慢慢发现和品味的生活如商品一样被一览无余地展示：仿造的手工制作、小吃、象形文字……充斥街头。五元一碗儿的米酒小汤圆升值为十五元，身穿纳西服装的老妇人站在街头，若对着她拍照，没等收好镜头人家就会过来找你要五元钱。

在比肩接踵的人群中我们把镜头对准那些古老的建筑。比起千年乌镇来，丽江的庭院更多一些精致。走进红门，站在飞檐花树下，你的心还是能寻回些悠悠岁月，耳畔有一些渐行渐远的故事……

坐在半山坡上看丽江，眼底是一片灰色的瓦屋顶。乐声悠扬，老歌轻唱，靠在灰蓝的绒沙发上静坐、打盹，让意识漫无目的地漂泊在远方……听 Smoke 问：一杯蓝山咖啡 60 元！值吗？我强睁睡眼："买的不是咖啡，是心情。"

在丽江的最后一刻，时光对我而言是静止的……我只想发发呆。

宜居大理

大理于我而言并不算是最好玩的地方，看古城不如丽江，观水不如海岛。除非你只是想呼吸一下新鲜空气，感受晴雨变化、层云飘过……但大理的客栈可是穷尽了开发者的想象力。

我们在大理居住的这个名叫"沐村原创空间"的客栈，是一个女设计师的作品。临水的白色建筑，童话般的花园，宛如仙境。

一走下露台，推开小门，穿过花园，拉开窗帘并推开阳台门的刹那，你的心便要停止跳动！……想象一下，躺在床上就能看到的这画面：

明净的湖、青绿的草、雪白的水鸟在湖滩和绿树丛中翩飞，风起处，摇落一片细雨，花洒般轻柔而又飘逸！……

只听依依说：美到让人想哭哦！

……一刻钟的时间，雨便停了。大朵的云群飘过天空，又堆积在远处的山顶，被太阳镶上一层耀眼的边。碧水上，隐约一抹彩虹，渐渐清晰，又渐渐浅淡，然后消失不见了。

一只硬壳虫掉落在阳台上，依依惊呼着逃进房间！Smoke跑出来，如心虚的决斗者，进退跳跃，上演着更加虐心的闹剧！

时光静静流淌，在绿树葱茏的水边，在无言摇曳的花海里……我们，只是这高天碧水间的匆匆过客，渺小而微不足道。

大美玉龙雪山

4月的云南已进入雨季。据天气预报，最近一周内，我们将去的几个景区每天都是大雨、小雨、中雨，甚至有暴雨和雷电预警。但在我们来到玉龙雪山的当天，玉龙却向我们展露笑颜，让我们看到了山顶晶莹的积雪——老天似乎很喜欢和人类的掌控开玩笑。纳西族出租车女司机告诉我们，下不下雨，当地人的经验是大理下，丽江就下。

即使是夏季，丽江下雨，玉龙也会飘雪。与我们同车的大连小伙跃跃欲试，打算乘索道登临玉龙山顶。而我却想在海拔3000米的山下觅别样的玉龙风情。为防高原反应，女司机提醒我们各自备了一小罐氧气。

归来时，大连小伙给我们看了他在山顶的拍照：皑皑的白雪前，帅哥以居高临下的姿态展现征服者的骄傲，的确酷毙了！而我则拍摄了雨后玉龙雪山出尘不染的清新。玉龙雪山之美无处不在，一切取决于你的发现。

从甘海子乘索道向上，穿越大片的原始森林，让人眼前一亮的那片碧绿正是云杉坪天然草场。它像一块绿毯镶嵌在蓝天之下、森林之间，来自凡尘世界的我们只能隔着木栅栏，站在林荫树下与其遥遥相望……几只小羊在木屋旁静静吃草，那是我心中的美丽家园。

无法想象，在这画面下方的蓝月谷，那又是怎样一种绝尘的梦境？……与其相望的那一眼，我已忘记了人世的存在！真想与溪水相亲，与飞瀑共舞，且在那牛奶般的溪畔和绿叶下留个影，做一回不食人间烟火的花仙子吧！

　　冰川雪原的融水在山谷间淙淙流淌，白水河到了这里就叫蓝水河。河水在白色的河床中呈现牛奶一样的洁白和玉石一样的莹绿，那是因为，天然大理石和石灰石构成的河床被带起了白色的泥沙。

　　明明是雨季，却享受了天空的湛蓝，看见了玉龙雪山那一抹亮丽的微笑。大自然是如此厚爱，而我们，是幸运的宠儿。

康定溜溜的城

从康定下了飞机，乘坐巴士翻越海拔 5000 米的折多山。VC 药袋都鼓起来了，可传说中的头晕胸闷呢？居然没感觉！

从车窗向山下眺望，重峦起伏。远远的那座山上，"康定情歌"几个醒目的大字在蓝天下大气磅礴。是那首歌吗？"跑马溜溜的山上，一朵溜溜的云哟，端端溜溜地照在，康定溜溜的城哟……"一种情愫瞬间即被拉近，那著名的民歌竟然出自这里。

胖扎西藏式特色客栈　康定是四川甘孜藏族自治州的一个小县城，下了车但见街道前的小桥下流水奔腾，白浪喧哗，像想象中的雅鲁藏布江……高原的粗犷奔放果然不同于内地。

胖扎西是个藏族特色的客栈。木质的玄关和铜壶、金黄绸缎的大床与装饰、五彩藏族图案的洗手池、灯具……处处给人惊喜。住在同一间客栈里，互不相识的驴友一见如故，居然有了家人的感觉……主人送来酥油茶，驴友们聊到半夜，此后的路途，自然相约同行。

藏餐　小街上有家藏餐馆。特色浓郁的藏饰让人走进去便有种仪式感。这里的藏餐颇为地道：酥油茶、噶巴、牦牛肉、酥油人参果、奶白菜、酥油饼……还有藏式比萨！据说，吃当地食物可以减轻高原反应，我们便把没见过的、没吃过的逐一尝过……

邻桌有对青年男女，大家在这里相识也不分彼此，没有点的餐食互通有无，那发自内心的真诚，也只有在这淳朴的藏区才能释放。

木格措　公园的入口处竖着一块巨石，上面嵌着红字"康定情歌"……哦，令人遐想。我们来的这天正逢阴雨，山涧里雾茫茫的，连车窗外的松树都看不真切。下了车，顺着细雨蒙蒙的公路向上走去……远远地，看见宽广的木格措湖，云遮雾障的一片。湖边的山崖上，彩色的佛像若隐若现。正自感叹，一阵疾风吹来，脖子上的白纱巾险被吹走！那个瞬间只见它在风中舒展开来，像一朵飘逸的云……层层涌动的雾气里，木格措，是远离尘俗的仙境！

康定情歌情谊深长，只可惜，在绵绵的秋雨中，我们的镜头错失了阳光下的五彩斑斓。

塔公草原　这里的盘山公路就像青藏高原一样，道路两旁常能见到刻着藏族文字的山石和环绕着白塔的五彩经幡。几个小时的山路一点都不寂寞，轰鸣的瀑布一路相随，雪白的浪花在山涧树丛中若隐若现……转过山梁，又见开阔处漫山遍野的牦牛和红红的野花，真是如诗如歌。

塔公草原骤现眼底……金顶红墙的寺庙壮丽地铺展在天空下，那是摄影家们酷爱的圣地。蓝天下有白色的帐篷，又有溪流闪烁在草甸上，披着婚纱的新娘和新郎款款相依，竟在这里拍摄他们的婚纱照！……在我们的央求下，司机师傅不得不屡屡将车停在路边，满足我们对草原美色的贪欲。

车子停在一个峭壁前，司机引我们站在开阔处看脚下的草原：山风扑面，白云如丝绸一样在无垠的蓝天上飘飞，天边泛着银色，那是雪山和阳光深情的相拥……塔公草原上清流婉转，闪烁如绵延的情歌……

新都桥　早就听说新都桥是摄影家的天堂。心中雀跃地来到这里，唯见弯旋的柏油马路两旁，满眼都是笔直优美的白杨树。还有许多黄黄的白杨簇拥在草甸上，伴着浅浅的溪流和卵石，镜头下果然多彩！

藏族小楼前盛开着缤纷的格桑花，正是一间客栈，不用说就住在这里了！放下行李去拍那五颜六色的花儿，花枝后的窗玻璃上，贴着藏式的剪纸，那图案很是新奇。

或是在塔公草原跑得太尽兴，竟让山风给吹感冒了！入住新都桥的当晚我就发起高烧：头疼、恶心、浑身无力……新都桥只有3500米的海拔，但谁都知道在高原上感冒是多么可怕的事。同伴叫了辆当地的车，陪我撤退到海拔2300米的康定城。在甘孜州医院一检查，血压40/100！不高反低？无论如何，我算是挺过来了！

接下来的行程不仅是新都桥，计划中的稻城亚丁也不了了之。

康巴公路记趣　结束了康定之行，还想说一件有趣的事。在康巴公路上，我们常常遇到一些无视交通规则的不速之客，它们是：羊群、奶牛、狗和黑牦牛。与我们人类不同，动物们我行我素的行为总是让人发笑。

车在公路上疾驶，前方突然出现一群牦牛，无论司机如何按喇叭，它们都充耳不闻，从容淡定、稳稳地堵着去路。你只能停下车，等待它们的主人慢慢将队伍带开。有时是一群羊挤在路边，彼此小心错让着，相背离去。

有的流浪狗显得很老练，它们贴着白线以外的路边行走，只是偶尔扫一眼疾来的车辆，让你晓得，你才是外来客。有的狗狗慌慌张张煞有介事，在公路上不停地奔跑，有的却端坐在公路中间的黄线上，听凭车来车往、安之若素。当地司机们戏称它们为"交警"。

告别康定　坐在飞往成都的飞机上，但见窗外蓝天如洗，白云伸手可触……层层云隙下，清晰显现雪山的轮廓和宝石般的海子。一座积雪的峰顶突兀地穿破云层，耸立在眼前一这，就是海拔 7500 米的贡嘎雪山吗？！

……远去了，康定溜溜的城。

行摄金秋：九寨归来不看水

10月末，驴友一行五人，乘坐当地的面包车，踏上了九寨沟"行摄金秋"之路。在沟内的藏族民居里放下行李，信步坡下，但见红叶斑斓，山峰俊秀，浓枝密叶间，哗啦啦的流水如银瓶乍泻……

九寨的每一处美景，都有一个与水相关的名字：犀牛海、老虎海、芦苇海、五花池、五彩池、长海……远处高山的融雪，山体中渗出的清泉，查洼沟上最大湖泊长海积蓄的雨水，都成为"海子"不竭的源头……清泉顺流而下，或急如湍、白如雪，在山间悬崖一路飞奔喧哗，成为壮观的瀑布；或平如湖、明如镜，在青山峡谷间悠然休眠，描画云淡风轻。有时于婉转无人处，涓涓细流自成一份潇洒；有时在芳草红叶中，碧波如护花使者润物细无声。

正值晚秋时节，红叶斑斓、阳光明丽，山水之间处处皆是画卷……听见有驴友感慨：九寨沟的景色太不真实！

让我最忘情的莫过于那一抹孔雀蓝。当目光第一次与它触碰，心跳都要停止了！蓝莹莹的水下，连枯木都令人销魂，更不必说那青山陪伴，黄叶点缀的绿蓝晶透的水域又是如何的美轮美奂！

　　震耳的诺日朗瀑布，是大自然的恢宏；幽静的芦苇海，最朴素的画意等你去发现。九寨的美千姿百态，最别致的，是沿着双龙海的栈道去听水：树梢下潺潺流淌的低语，溪谷间哗哗奔跑的喧腾，飞珠溅玉里，是最纯净的音乐，丝帛般的闪耀中，有最神奇的空灵。端起相机，阳光和水的折射又将一抹"彩虹"送入镜头……身披彩虹的你就是大自然最宠爱的情人！

　　……

　　时光犹如落叶，岁月匆匆老去，九寨的美因为有这清凌凌的水而四季常在，我如歌的心境也随着这流水，穿过秋色斑斓，流淌成一弯潺潺小溪